MORTEPEAU

NATALIA GARCÍA FREIRE

MORTEPEAU

Traduit de l'espagnol (Équateur)
par Isabelle GUGNON

CHRISTIAN BOURGOIS ÉDITEUR

Titre original :
Nuestra piel muerta

Ouvrage publié sur la recommandation
de Sylvie Audoly

ISBN : 978-2-267-04462-1

À Matías et à Bartleby (notre chat).

« Nous entendons les insectes
et les voix humaines
d'une oreille différente. »

Kobayashi Issa

Je ne crois pas que mon défunt père m'observe. Mais son corps est enterré dans ce jardin, ce qui reste du jardin de ma mère, entouré de limaces, d'araignées-chameaux, de lombrics, de fourmis, de coléoptères et de cloportes. Peut-être même qu'un scorpion s'est posé près de son visage à moitié décomposé, et tous deux évoquent les dessins qui ornent les tombeaux des pharaons égyptiens.

Nous l'avons enterré à proximité de l'endroit où je m'allonge, derrière ces statues de pierre. Si je creuse toute la nuit, je pourrai le trouver, qui sait si j'attraperai en premier ses mains, ses pieds ou le bas du pantalon de son costume noir. Qui sait comment son cadavre s'est installé pour reposer en paix. Nous l'avons mis en terre sans prendre la peine de changer le vieux complet qu'il portait, car son corps sentait déjà.

Tout est arrivé si vite que ce n'est que maintenant, après tant de jours et de nuits, que je commence à le considérer comme un mort, de ceux condamnés à errer. Et la nuit, parfois, je lui parle.

Au cas où vous m'observeriez en ce moment, père : je suis rentré à la maison. J'ai pourtant l'impression d'avoir regagné un autre lieu à une autre époque, un autre monde dans lequel nous n'avons jamais existé. Toutes mes excuses si en certaines occasions je me distrais et me concentre sans relâche sur des choses que vous taxiez autrefois d'inutiles. Mais à présent, avec tous ces vers autour de vous, vous devez vous dire qu'en fin de compte ces choses-là avaient leur importance, n'est-ce pas ? Puisque ces asticots s'insinuent dans votre bouche et vos oreilles et, qui sait, peut-être même dans votre cul, et qu'ils vous piquent la nuit ; qu'ils rampent le long de votre corps, de haut en bas, cherchant ce qui reste de vous et qui pourrait leur servir, qu'ils se posent sur vos mains et vos pieds en se tortillant. Vous n'avez pas l'impression qu'à la fin de la vie, à la fin de tout, ils sont plus forts que nous ? Et que, si on y réfléchit un peu, ce monde n'est sans doute pas le nôtre mais celui de ces êtres minuscules qui, groupés, pourraient tous nous recouvrir ?

Recouvrir la terre entière, à l'image d'un grand tapis qui, vu de l'espace, serait noir et brillant.

Cette demeure ne nous appartient pas, père. Depuis longtemps. Je crois que vous le saviez déjà, et c'est pourquoi vous vous êtes laissé tuer. C'est bien ce qui s'est passé, père, non ? Vous vous êtes laissé tuer. Et personne n'aurait pu vous porter secours car vous vouliez partir. Une bonne fois pour toutes. Quitte à emprunter le plus court chemin.

Mais bon sang de bonsoir, père ! Vous avez toujours choisi le plus court chemin.

Je suis de retour à la maison mais je n'ai pas encore osé entrer. Ils sont toujours là, je les ai vus manger des cailles cet après-midi, et quand je me suis retrouvé devant la porte j'ai eu des frissons.

Des enfantillages, dites-vous ? Vous déraillez, père ! J'ai grandi depuis que vous êtes mort, et pendant que je travaillais la terre de Monsieur Elmur, parce que c'est là qu'on m'a envoyé, oui père, pour travailler la terre d'un autre, eh bien mes bras sont devenus bruns et musclés, et mes pauvres et maigres jambes sont aujourd'hui capables d'écraser d'un coup le crâne d'un petit animal, un singe ou peut-être un chat, ou alors un rat. Ce ne sont pas des enfantillages, père. Mais vous ne pouvez pas le voir car vous êtes quelque part là-dessous, mort. Et c'est votre faute. Vous le savez. Vous vous rappelez que c'est vous qui aviez insisté pour qu'ils restent un peu plus ? Il fallait selon vous bien s'occuper des étrangers, les traiter comme des frères. Dieu ordonnait ceci, Dieu ordonnait cela. Eh bien, allez dire à votre Dieu que maintenant ils dorment dans votre lit, portent vos vêtements et ont enterré votre corps dans votre jardin pour le piétiner tous les jours.

Votre corps, père, recroquevillé au point de ressembler bien davantage au mien que vous et moi ne l'aurions imaginé.

Cette terre comme un miroir.

Moi d'un côté. Vous de l'autre.

MOUCHES DE CIMETIÈRE

Plus personne ne m'appelle Lucas, père.

Bien que je puisse me passer de mon prénom, j'ai eu une famille. Notre maison m'attend comme une succession de rêves dans lesquels je ne cesse de retomber. Je suis arrivé attiré par elle, cette demeure aux murs jaunes et sa terre croûteuse.

J'ai monté et descendu les collines, les pieds déchaussés sur la terre nue, avec de l'herbe et des cailloux, une terre morte pavée de pierres tombales. J'ai laissé derrière moi les chemins balayés par le vent et la brise, et plus je me rapprochais, plus je sentais cet air obscène qui enveloppe maintenant cet endroit tout entier, s'échappe par les fissures des murs en vieux pisé et les accrocs du papier peint qui tombe comme une peau morte ; cet air semble souiller l'espace en lui conférant une tonalité sépia de lieu abandonné, et agglutiner au sol toutes ces formes indéfinies d'immondices.

Tapi comme un nuisible, j'épie la maison. À hauteur de ma tête volent des mouches, petites et fuselées, comme on en voit dans les cimetières. J'imagine qu'elles survolent des pays imaginaires. C'est une guerre en miniature. En dessous, les fourmis qui marchent en file indienne sur les carreaux sont les soldats prêts à partir à l'assaut de la dernière forteresse en ruine. Je pose mes doigts sur l'encadrement de la fenêtre et regarde les trous que les mites y ont laissés. Des boulets de canon !

Au-dessus de ces êtres presque secrets règne un monde étranger de grandes catastrophes.

Qui n'importe guère.

Vous me répétiez à satiété que je ne me concentrais pas sur l'essentiel. « Par la barbe du Seigneur, Lucas ! C'est sans intérêt ! » me disiez-vous dès que je faisais mine de vous raconter une histoire sur les insectes qui peuplaient le jardin de ma mère : des chenilles avançant l'une derrière l'autre en procession dévoreuse de mauvaises herbes, des mantes religieuses qui attrapaient des colibris et les engloutissaient avec élégance, des fourmis rouges qui s'amalgamaient et formaient des bateaux pour traverser de petites flaques.

Vous aviez raison, père : les morts ont toujours raison.

C'est vrai, je ne me concentre pas sur l'essentiel mais sur des choses insignifiantes. Je m'égare dans des futilités. Je crois que plus l'événement est important, plus il s'efface rapidement. Les Torrente de Vals ont disparu du village et c'est comme si cela n'avait jamais eu lieu. On s'est fait un plaisir de faire passer ma mère pour folle ; en fin de compte, les habitants du village avaient toujours rêvé de pouvoir le dire en toute franchise. « On l'avait vu venir. Josefina n'allait pas à la messe et n'était pas baptisée », déclaraient dans les allées du marché les dames qui présentaient bien, une expression désignant les femmes laides mais vêtues avec élégance.

Et qu'on m'ait vendu comme un esclave leur paraît une bonne chose, elles trouvent que c'est mérité, car quel sort différent pouvait-on réserver au fils d'une folle ?

Il ne reste rien de nous, père, hormis ces minuscules animaux attirés par la chaleur qui environne la mort. Ils sont plus vivants que nous autres, les vivants qui marchons et parlons.

Accroupi, j'observe à l'intérieur de la maison en tendant à peine la tête vers la fenêtre, comme le diable. « Dieu voit tout, Lucas », disiez-vous toujours. Je ne suis plus d'accord, Dieu est trop prude pour ça. Le diable, en revanche, est sans doute un voyeur. Et moi aussi.

J'observe derrière la vitre de la fenêtre, les gouttes de pluie font office de loupe mais tout est flou. Je dois redoubler d'efforts pour distinguer les lieux. Tout semble être à sa place. Le salon avec les fauteuils aux surpiqûres en losanges où ma mère s'installait pour lire, les bancs en rotin au fond de la salle à manger. Felisberto est assis à votre place, père. Il préside la table et Eloy se trouve à sa droite. La lumière du soir qui pénètre par la fenêtre de la façade adoucit leurs traits et les fait ressembler à deux bergers. Ils dînent de cailles. Comme ils les aiment ! Au point de les dévorer entières. Ils les saisissent par les pattes et les reposent ensuite, les os nettoyés des griffes jusqu'au cou. Ils portent vos habits, ces deux vestes en drap gris, et ont toujours leurs longues barbes grotesques qui retiennent la mousse de leurs bières.

Les objets du salon sont les mêmes que lorsque je suis parti. Je vois les portraits des grands-parents sur le mur, derrière Felisberto, les bougies consumées sur la table, le tapis persan, la vaisselle chinoise poussiéreuse de la vitrine placée dans un angle de la pièce et surmontée des bouteilles de sulfate, tartrate, bicarbonate, dont la blancheur rappelle celle des ossements et qui dégagent une odeur de pharmacie ; le *bargueño* sur une table voisine, dont les tiroirs secrets renfermaient les fleurs sèches destinées aux herbiers de ma mère ; même la nappe est celle sur laquelle nous avons mangé tous ensemble le dernier jour, la seule que ma mère ait jamais brodée de sa vie.

Tout est là mais plus rien n'évoque notre présence, père.

Ces hommes sur les tableaux, les grands-parents, pourraient être n'importe quels individus de petite taille et d'aspect solennel.

On serait tenté de croire qu'après nous avoir si longtemps contenus en elle, cette maison aurait au moins pu conspirer pour attraper les intrus à la manière d'une araignée : tisser sa toile et les y retenir jusqu'à ce qu'ils soient desséchés. Mais les maisons vieillissent et oublient elles aussi.

Noah et Sarai surgissent de quelque part. Elles marchent les yeux dans le vague, revêtues de leurs uniformes au plastron amidonné qu'Esther les obligeait à porter comme des poupées. Elles débarrassent les assiettes contenant les restes de cailles et apportent deux corbeilles de fruits, du pain et du maïs grillé. Sans attendre, Eloy se jette sur les plats et se sert. J'observe son visage, ce visage dépourvu de menton, son goitre tremblotant, ses narines toujours dilatées, je le regarde manger et devenir idiot, des morceaux de nourriture tombent de chaque côté de sa bouche et ses yeux ne restent jamais tranquilles. Quand quelque chose lui déplaît, il le jette par terre.

C'était peut-être ce qui nous faisait le plus peur chez lui, cet air d'idiot du village qui risquait de nous tuer à tout moment avant d'aller grignoter des fèves grillées dans la cour, à l'ombre clémente de l'orme.

Felisberto est au contraire plutôt dégourdi. « Drôlement dégourdi », disait Esther. Comme les maîtres des bêtes de cirque, il ne doute jamais des limites de sa méchanceté ou de sa vulgarité. Il agit sans crainte. Je le connais bien.

Sarai n'a pas encore retiré son assiette que déjà sa main droite se pose sur sa taille et monte vers ses seins tandis que, de l'autre, il saisit l'os délicat d'une aile de caille. Je l'imagine en train de s'exclamer : « L'homme ne vit pas que de pain ! » Voilà le genre de choses que disait Felisberto et que vous, père, accueilliez avec entrain. Mais je n'entends rien, je le vois juste rire.

Je me baisse, adossé au mur. Une odeur d'urine qui pourrait venir de mes vêtements ou des lignes de ciment entre les carreaux a en quelque sorte un effet apaisant. Ça toujours été le cas et c'est certainement la raison pour laquelle j'aimais tant le pot qu'on laissait dans ma chambre pour satisfaire mes envies de pisser nocturnes. Parfois je me réveillais à l'aube, raide comme un bâton, en proie à une peur originale : la peur de la peur. J'allais alors là où se trouvait le pot, la pièce s'emplissait un moment de buée et je me rendormais dans l'agréable odeur de rouille qui sort de nous.

Maintenant le soleil décline et, au fond, les collines changent de couleur et deviennent l'ombre d'elles-mêmes, les sentiers plongés dans l'obscurité sont des chemins perdus et les arbres à proximité cessent de bouger car ici, dans cette maison, il n'y a pas un souffle de vent et tout est paisible.

Que suis-je venu chercher, père ? Le silence ? Un mirage ? Une patrie ?

Celui qui revient n'a pas de nom, il ne sait pas ce qu'il cherche et vit comme un hôte dans sa propre demeure.

J'aurais probablement dû m'en écarter considérablement, comme me l'avait conseillé ma mère. « Dis-moi que tu vas partir d'ici pour toujours, Lucas. Jure-le-moi ! » m'avait-elle fait promettre un jour, à la clinique des sœurs marianites. Un lieu où tout expire, le final de la fin. J'ai eu du mal à le trouver mais je l'ai vu, père. Il n'y a même pas de jardins ; seulement le bien et le mal, le ciel et l'enfer : des chambres de nonnes et de malades. « Jure-le-moi, Lucas ! », m'avait-elle supplié en se hâtant de me prendre la main parce que les religieuses avec des grains de beauté poilus sur le visage l'emmenaient. J'avais plongé mes yeux dans les siens, déjà ternis, la regardant en silence. Comme dans un miroir.

Et je ne l'avais pas écoutée.

Je ne l'avais pas écoutée car pendant qu'on me conduisait loin de cette maison, quelque chose sortait apparemment de mon sternum et se contractait, m'aimantait à cet endroit comme si j'étais né enchaîné à cette terre, de même que les vents sont enchaînés aux montagnes.

Et il valait peut-être mieux qu'on ait éloigné ma mère, père, car si elle voyait son jardin, elle en mourrait de chagrin, ainsi que j'ai toujours cru qu'elle trépasserait. Il ne reste rien d'autre que les animaux en pierre qu'elle avait fait sculpter, éparpillés à l'image des ruines d'une civilisation éteinte, couverts de moisissure et de plantes grimpantes ; les racines de l'orme solitaire sortent de terre, pleines de mousse, et ses branches sont sèches.

Tous les rosiers ont péri. Les chrysanthèmes aussi.

Des giroflées seules perdurent de courtes tiges hérissées d'échardes, semblables à des troncs mutilés. La spirale de boutons qui s'emplissait de couleurs différentes ne compte plus que quelques pousses de campanules des murailles et de célosies. Le reste du jardin est envahi de ronces, de coquelicots, de chiendent et de chardons qui me piquent là où le tissu de mon pantalon est déchiré.

J'arrache des pissenlits et les mange par la racine, la tête contre la terre envahie du jardin. Le souvenir de ma mère résonne au milieu des plantes mortes. À moins que ce ne soient les cigales, qui chantent mon retour.

LA NUIT OÙ LES VACHES ONT MEUGLÉ

Cette longue journée fraîchissait et les vaches n'arrêtaient pas de meugler. Esther avait commencé à tresser la chevelure de mes nourrices et serrait les mèches avec force, comme si elle étranglait des êtres minuscules pris dans les cheveux noirs.

« Monsieur va devoir les tuer, a-t-elle murmuré. Et on n'en tirera même pas une bonne viande. »

Personne ne lui a répondu et elle a continué de serrer les mèches ébouriffées dans la nuit froide et sale. Toutes les soirées paraissaient baignées de poussière et les journées étaient pleines d'une lumière laiteuse et de fleurs sèches qui flottaient sur les mares, un temps traînant qui s'enlisait dans ce son purulent, épuisant. En marchant près des vaches on avait la nausée, leurs beuglements semblaient sortir d'un ventre ulcéré et d'un larynx desséché.

Au début nous pensions que les vaches étaient en chaleur. Nous les avions conduites chez les frères Moratti pour une mise au taureau, mais elles refusaient de se faire couvrir et repoussaient les mâles comme s'ils étaient pestiférés. Esther, Noah et moi les avions ensuite traînées là où paissaient les taureaux du père Hetz et, enfin, nous leur avions fait traverser tout le village jusqu'à la ferme de Monsieur Manzi, qui possédait un reproducteur dont les villageois chantaient les louanges.

Je me rappelle que lorsque nous étions arrivés à destination, le soleil se cachait, l'air était dense et le ciel ni jaune ni gris présentait un mélange troublant de ces deux teintes. À une dizaine de mètres du taureau que Monsieur Manzi avait baptisé Intrépide, les vaches restaient pétrifiées, immobiles, groupées, à croire qu'un mur invisible s'élevait devant leurs têtes. Elles tendaient le cou sans bouger la queue, avaient regardé Intrépide pendant quelques minutes, et il nous avait semblé que, ce jour-là, elles allaient cesser de meugler, mais il ne s'était rien passé du tout. Esther avait feint de s'armer de patience, jusqu'au moment où elle s'était mise à souffler et à tirer sur les cordes pour approcher les bêtes. Elle les pressait rageusement et reniflait par instants car elle avait le nez qui coulait à cause du vent. Monsieur Manzi l'aidait, il encourageait les vaches en sifflant, mais elles s'étaient couchées dans l'herbe en meuglant de plus belle, inconsolables. Ce jour-là, Esther avait décrété qu'elle n'irait plus nulle part avec ces bêtes de malheur.

Telle n'était pas la cause de leurs beuglements. Nous ne le savions pas encore, mais nous avions déjà capitulé.

Noah, Mara et Sarai laissaient Esther tresser leurs cheveux en cette soirée froide et sale, assises de profil dans la grande pièce où elles occupaient quatre lits vieux et durs pourvus de hauts barreaux, comme ceux des internats, des hospices et des hôpitaux. Quand elles se faisaient coiffer, mes nourrices n'étaient plus les mêmes femmes, leurs corps grassouillets s'échappaient de leurs uniformes au plastron amidonné, elles dénouaient leurs ceintures et leurs corsages se relâchaient, tombaient et se froissaient. Je voyais le corset blanc et brodé de Sarai à hauteur de ses tétons.

Ce fameux soir, j'ai essayé de me rappeler leur forme. À ma naissance, c'était Sarai qui m'avait nourri car maman n'avait pas de lait. Ses seins se redressaient à peine, comme les monticules de terre d'où je sortais les vers, mais j'avais beau me concentrer, je n'arrivais pas à me les remémorer. Je passais parfois des heures à m'y exercer, fermant les yeux avec force, mais n'obtenais que l'image de seins dessinés comme des tétons de poupée, des tétons très laids. Lorsqu'elle est défaillante, la mémoire déforme. Je me souviens parfois de vous, père, comme de Napoléon avant son exil, à Fontainebleau, le Napoléon des manuels d'histoire que m'apportait le professeur Erlano lorsqu'il me faisait cours, un homme un peu rond au cheveu rare, mais surtout au regard de vaincu. Il est vrai que vous étiez brun et mince, avec d'abondants cheveux enduits de gomina, mais j'ai beau m'appliquer, je ne parviens pas à assembler toutes ces particularités pour former une image s'apparentant à celle d'un père.

Ce soir-là les beuglements avaient empiré, ils semblaient vouloir pousser les murs de la maison, les traverser, et leur écho résonnait dans les coins. C'était un son intrusif, désespéré. Je tournais en rond dans la maison, cherchais des limaces en suivant leurs traînées luisantes et visqueuses sur le sol et les cloisons, dans l'intention de les rassembler et de les emporter dans le jardin avant qu'Esther ne jette du sel dessus. Mais il n'y avait pas une seule limace, le bruit les avait peut-être fait fuir.

J'ai gagné le canapé surpiqué de losanges de l'étage, où maman regardait par la fenêtre, un livre ouvert dans son giron. Je savais que ce n'était pas elle qui regardait le monde mais que quelque chose l'observait, elle, de l'extérieur. Elle affichait le calme d'une personne qui se sait épiée, un oiseau qu'on contemple avec des jumelles ou un insecte qu'on examine à travers une loupe. Sa peau était si fine qu'à certains moments ses veines semblaient se soulever comme les racines d'un arbre invisible prêt à marcher, à transpercer son cœur et sa poitrine pour la délivrer de sa propre personne. J'ai posé ma tête contre le jupon qui lui couvrait les jambes et sentait les fleurs et la naphtaline. Scrutant toujours le jardin, maman n'a pas senti ma présence.

Vous, père, veniez de sortir de votre bureau dans le sillage de fumée de votre pipe et nous avez demandé de monter dans nos chambres. Sans se détourner de la fenêtre, ma mère s'est contentée de vous dire :

« Ne les tue pas. »

Au lieu de lui répondre, vous avez commencé à fermer tous les volets pendant que maman montait l'escalier, enveloppée de draps comme un fantôme, dans un parfait silence. Moi je regardais comment vous procédiez, bloquant les crémones d'un geste ferme, fermant les cadenas dont vous conserviez les clés sur un anneau accroché à votre pantalon de lin noir.

« Va donc te coucher, Lucas », m'avez-vous alors ordonné.

Et j'ai gravi les marches sans vous quitter des yeux.

Vous aviez presque fini de verrouiller les volets quand quelqu'un a frappé contre les battants clos, d'abord timidement, puis très fort, de manière continue.

« Nous attendons du monde, Esther ?

— Non monsieur ! », a-t-elle crié, debout devant la porte du dortoir.

Quand vous êtes sorti, elles se sont approchées de la porte d'entrée pour observer. Je vous ai désobéi et j'ai dévalé l'escalier. Comme un chat, je me suis faufilé entre les jupes de Mara et Sarai, qui sentaient toujours le pain. Derrière la grille, au loin, j'ai seulement vu deux hommes à cheval, qu'il m'était impossible d'identifier. Esther a dit qu'elle n'avait pas entendu de bruits de sabots, Sarai lui a rétorqué que, dans la maison, on n'entendait que les vaches.

Je n'avais pas la moindre idée de qui pouvait nous rendre visite un dimanche soir, car en fin de semaine personne ne montait du village pour nous voir, hormis la sœur Bruna et le père Hetz, pour célébrer l'Eucharistie, et le professeur Erlano, dont j'ignorais du reste s'il montait ou descendait parce que nous n'avons jamais su où il habitait. Les villageois ne passaient que les jours de fête.

Nous avons vu ces hommes mettre pied à terre et s'entretenir longuement avec vous. Puis ils se sont avancés sur le chemin pavé et ont bifurqué vers l'étable pour y laisser leurs montures. Quand nous les avons à nouveau distingués, vous discutiez tous les trois comme de grands amis. L'un d'eux avait posé une main dans votre dos, père, une main acromégalique aux jointures rouges et déformées.

« Allumez les bougies, sortez du vin et des fruits, et préparez pour ces hommes de l'eau chaude et des vêtements secs », avez-vous intimé à mes nourrices en passant la porte, les hommes derrière vous.

Vous n'aviez pas l'air effrayé par leurs barbes hirsutes, longues et sales, ni par leurs habits noirs et lourds ou leur aspect de bisons avec des trous à la place des yeux.

Au cours de cette nuit froide et poussiéreuse, je me suis tourné et retourné dans mon lit. Je redoutais tout autant de m'endormir et qu'il arrive malheur que de ne pas m'endormir et qu'une catastrophe survienne quand même. Les beuglements des vaches se sont peu à peu introduits dans mon sommeil, à la manière d'une fumée qui imprègne tout, mais ils s'atténuaient de plus en plus, comme résignés. Puis un silence absolu s'est abattu sur la maison. C'était la première fois que je le percevais, à moins d'avoir déjà eu affaire à lui en sortant du ventre de ma mère, mais sans l'entendre, car il m'aurait perforé les tympans.

Le silence de la nuit me faisait trembler et s'étendait comme une odeur de pourri, il se collait à mon corps qu'il rendait muet.

À cet instant je me suis levé pour entrebâiller légèrement ma porte. J'ai alors vu les deux hommes marcher derrière les colonnes en bois de la galerie, juste en face de ma chambre. Leurs grandes bottes crottées laissaient de la boue là où ils marchaient et émettaient un bruit de clapotis sur le carrelage.

Ils étaient deux, mais aussi bruyants qu'un bataillon, et leur vacarme résonnait partout autour d'eux, dans ce lieu où régnait un silence sépulcral qu'eux seuls venaient briser. Celui resté en arrière avait une bosse prononcée, mais malgré son dos voûté, il était presque aussi grand que l'autre.

Leurs têtes ont frôlé l'encadrement de la porte quand ils l'ont franchie. Ils ont introduit la clé à panneton dans la serrure et sont entrés dans la chambre que vous leur aviez attribuée, père, pour qu'ils dorment paisiblement.

La nuit tremblait.

Les vaches avaient cessé de meugler.

Le silence s'était intensifié, en dépit ou peut-être à cause du bruit que faisaient ces hommes en dormant.

LE PIED D'ELOY

Aussi loin que je me souvienne, je n'ai été impressionné en bien ou en mal que par trois choses dans ma vie. La première était la jambe de bois de Monsieur Lazlo, le caïd du parc d'attractions qui s'installait dans le village pour carnaval. Ce qui m'avait frappé et fasciné n'était pas la jambe en soi, une réalité somme toute assez banale dans ma campagne, mais les fourmis patiemment sculptées qui montaient tout le long. Elles avaient à la place des yeux de minuscules pierres d'ambre, symbole de santé et de joie, disait Monsieur Lazlo en marchant en compagnie de ces insectes semblables à des statues prisonnières de sa prothèse. J'ai vu la deuxième un jour où, sans le vouloir, j'étais entré dans le dortoir de mes nourrices pendant que Mara massait le dos d'Esther, qui avait une sciatique et s'était étendue sur le lit, ses fesses offertes à la vue de tous, tombant de chaque côté comme une pâte à enfourner. La troisième était le pied d'Eloy.

Je l'avais remarqué le premier matin où ils s'étaient réveillés à la maison. Après avoir longtemps été accompagnés par les beuglements des vaches, nous nous étions levés à l'aube dans le silence, à croire que les lieux s'étaient peuplés de murmures qui disaient : cache-toi, tais-toi, ne bouge pas.

À midi passé, personne n'osait s'approcher de la chambre qu'ils occupaient. Vous, père, ne nous aviez informés que de leurs prénoms : Felisberto et Eloy.

« Servez-leur un petit déjeuner copieux, ils viennent de loin ! » avez-vous crié avant de vous désintéresser de votre acte de bon samaritain de la veille pour vous empresser d'aller vaquer à vos affaires au village.

Sarai, Noah et Mara riaient tout bas dans la cuisine et se consultaient du regard, comme des fillettes partageant un secret. La présence de ces hommes les émoustillait. Esther disait que nous avions fait entrer chez nous deux bons à rien sans éducation, car après leur dîner la salle à manger ressemblait à une porcherie. Ma mère était inquiète et angoissée parce que personne ne l'avait consultée et qu'elle avait « un mauvais pressentiment ».

« Cela n'amènera rien de bon. Rien de bon, Lucas », m'a-elle murmuré à l'oreille quand je l'ai retrouvée dans le jardin.

Elle semait la dernière ligne de giroflées couronnant son chef-d'œuvre : une immense spirale qui se couvrait de fleurs de couleurs différentes selon les mois de l'année. J'allais de la cuisine à l'étage et, une fois dans le jardin, je repartais en sens inverse. Dévoré par la curiosité, j'attendais que les géants poilus quittent leur chambre d'où ne s'élevait aucun son.

À quatorze heures, la curiosité et l'impatience ont peu à peu cédé le pas à l'effroi. La peur s'était emparée de nous tous, père. Je le savais. Ma mère et Esther aussi. Même les plantes du jardin le savaient : en fin d'après-midi, les pissenlits se sont fermés avant la tombée de la nuit. Nous nous sommes mis à table pour manger des pieds de porc calleux sans échanger un mot. Chacun s'est servi lentement en bouillon de pieds de cochon, en pommes de terre arrosées de sauce et en blé salé. Devant nos assiettes pleines, nous étions conscients que les deux étrangers qui avaient fait irruption chez nous étaient peut-être morts. Un fumet agréable s'élevait des assiettes, mais nul n'osait commencer à manger.

« Ce sont eux, nos visiteurs ! s'est tout à coup écriée Noah. Ils sont sur le sentier, ils sont sur le sentier ! »

Je me suis posté derrière la fenêtre avec ma mère pour les regarder s'approcher.

« Il y a de quoi devenir fou, a-t-elle dit. Ils sont sortis sans que personne les entende. Il y a de quoi devenir fou. »

Avant de passer le seuil, ils ont retiré leurs bottes et leurs chaussettes, et c'est alors que j'ai vu le pied d'Eloy. Il était couvert de croûtes, certaines restaient collées à ses chaussettes. Son pied se desquamait comme les troncs des arbres à écailles du paramo. Il ne semblait pas s'en soucier et le tapotait de temps en temps, comme pour chasser une poussière, faisant tomber au sol des lambeaux de peau. Il n'avait pas du tout honte de son pied.

Depuis qu'ils étaient entrés, j'avais les yeux rivés sur les esquarres du pied d'Eloy, qui a boitillé jusqu'à ma mère. C'était un tel choc pour moi que je ne me suis même pas rendu compte que l'autre, Felisberto, portait dans ses bras un faon, un minuscule faon mort.

« Madame Torrente, enchantés », s'est contenté de dire Felisberto avant de poser l'animal sur le billot de la cuisine. Il lui avait déjà coupé la tête et attaché les pattes.

En voyant le faon, ma mère a vomi à côté de sa chaise. C'était insignifiant car elle avait pris son petit déjeuner des heures auparavant. Elle s'est levée pour attraper un napperon en vitesse et s'essuyer la bouche. Esther essayant en vain de déplacer le faon, Sarai s'est empressée de l'aider et elles l'ont poussé vers l'évier, le sang dégoulinant sur la planche en bois. Derrière elles Noah passait la serpillière.

« Oh, pauvre petit, qu'est-ce qu'on t'a fait ? » répétait Mara en portant les mains à sa bouche.

Les visiteurs se sont assis sans prêter attention à ce qui s'était produit, et le pied d'Eloy a disparu sous la table.

« C'est très aimable à votre mari de nous accueillir, madame », a déclaré Felisberto, qui avait la manie de se toucher la barbe en parlant, comme s'il tenait toujours des propos très sérieux.

Ma mère a hoché la tête et tenté de sourire tout en continuant de s'essuyer. Elle inspirait profondément, encore suffoquée.

« Excusez-moi, mais nous n'avons pas l'habitude de manger du cerf, a-t-elle soufflé en me prenant la main sous la table.

— Eh bien, aujourd'hui nous en mangerons pour faire honneur à nos invités ! vous êtes-vous exclamé depuis la porte. Il faut toujours être disposé à manger de nouveaux plats, à goûter de nouvelles choses, ma chère Josefina. »

Ma mère l'a regardé, interdite. Il lui arrivait de l'observer comme si elle venait de se réveiller et se disait : « Mais qui est cet homme et qu'est-ce que je fais ici ? » Elle avait cet air-là, père, et elle n'était pas la seule. Moi aussi je vous étudiais de la sorte.

« Et si vous nous prépariez un petit ragoût, mesdemoiselles ? Et toi, Josefina, tu pourrais venir discuter avec nous ! Vous avez donc fait connaissance avec ma femme ! Un drôle de spécimen, je vous l'assure », avez-vous ajouté à l'intention de Felisberto et d'Eloy.

Puis vous vous êtes esclaffé.

Maman a demandé la permission d'aller se débarbouiller avant de vous rejoindre. Vous avez accompagné vos invités au salon pour leur relater les péripéties de votre matinée, vos transactions avec les commerçants du marché : « Ces gens croient être plus forts que moi mais quand ils arrivent j'ai déjà une longueur d'avance sur eux », leur avez-vous expliqué en riant de plus belle et, toujours hilare, vous leur avez montré la table ancienne de style Art déco, le lustre de telle bisaïeule, le tapis que le grand-père avait rapporté du Vieux Continent.

« J'oubliais, messieurs. Auriez-vous envie d'un cognac ou d'une eau-de-vie glacée ? Je vous conseille l'eau-de-vie. La canne à sucre, il n'y a pas mieux pour se sentir léger. »

Felisberto a acquiescé pour la deuxième fois, et en moins d'une heure vous aviez vidé le contenu d'une bouteille à vous trois. Vous aviez une étrange conduite, si gentil, si bon que cela m'effrayait, d'autant plus que vous ne faisiez pas du tout attention à nous, vous sembliez n'avoir d'yeux que pour eux afin d'être le meilleur hôte qui soit. Un hôte docile, soumis et crédule. Et vous avez continué sur votre lancée, père. Jour après jour. Comme si vous aviez toujours attendu la visite de ces hommes. Comme on attend la mort.

PUNAISE ASSASSINE

Maintenant que je suis de retour, père, debout devant notre maison, je vous revois au cours de cette soirée froide et sale. Je revois tout. Mes nourrices assises de profil, Esther tressant leurs cheveux avec force, les mains tremblantes ; ma mère regardant par la fenêtre, effrayée par les beuglements qui nous épuisaient, et vous monté sur le vieux banc en rotin pour fermer les volets, bloquer les crémones et verrouiller.

Étiez-vous en train de nous enfermer dans votre propre cauchemar ?

Le soleil ne s'est pas encore levé mais le ciel est visqueux et sans un souffle de vent. Je traverse le jardin en cinq enjambées lentes et réfléchies. Tout tourne dans ma tête, à croire que je ne vois pas à travers mes yeux, qu'une brume épaisse et froide a remplacé ma chair et mes viscères. Quelque chose qui n'est pas encore défini palpite sous ma peau et m'entraîne.

La peinture écaillée des murs de la maison laisse apparaître le pisé fissuré, et lorsque je m'y appuie la terre tombe et craque ; dans le toit qui craquette lentement s'ouvrent des espaces semblables à des rangées de vieilles dents cariées ; les volets se plaquent aux fenêtres en grinçant. Et moi je marche, incapable de ramper.

Si j'avais eu un peu plus de chance, j'aurais pu être une mante fleur épineuse, un scarabée Hercule ou une punaise assassine. Si j'étais l'une de ces dernières, je m'échapperais sur le sol, me faufilerais dans ce qui reste de notre demeure et en ferais le tour sans que personne me remarque ; j'occasionnerais çà et là des nuisances, escaladerais les corps de Felisberto et Eloy, appellerais ma bande d'amies pour semer la pagaille. Je leur piquerais les mains, le cou, l'arrière des fesses, les cuisses, leur croquerais tout le corps, et quand je n'en pourrais plus et serais gonflée, obèse, pleine de sang, j'exploserais en toute placidité.

Mais j'ai dû me contenter de ce que je suis et développer mes capacités les plus profitables. En certaines occasions, par nécessité, j'ai même appris à voler et à mentir quasiment sans remords, père. Je chapardais les fruits de Monsieur Elmur, surtout des mangues, que je faisais pourrir pour y élever des mouches, nourrir des limaces, des escargots et moi-même avec la peau.

Monsieur Elmur ne méritait pas ces mangues car il n'attendait jamais qu'elles soient mûres, m'obligeait à les cueillir encore vertes, peu soucieux que mes mains se couvrent d'ampoules et se brûlent. Je lui volais aussi des figues de Barbarie que j'engloutissais sans les peler, après quoi j'avais plusieurs jours durant les mains couvertes d'épines invisibles qui m'irritaient la peau quand je les mettais dans mes poches. J'ai également dérobé, mais une seule fois, un poulet malade que j'ai laissé mourir et se décomposer et, dans les replis et les sillons de sa chair, j'ai récolté des asticots, puis des mouches qui volaient autour de moi dans le trou sombre du champ où je me réfugiais et que les ronces et les cailloux ont ensuite envahi.

Quelle musique magnifique elles faisaient en volant, père, tout en ailes et pleines de vie, une symétrie bénie qui murmure !

Cela ne me dérangerait pas de pendre Felisberto et Eloy du plafond et de les meurtrir jusqu'à ce que leur chair se gangrène et que les mouches les encerclent en si grand nombre que leur bourdonnement leur vrille le crâne. Tel est mon but, pas davantage, père. J'aspire à la résurrection de la chair, que seuls la mort et les immondices rendent possible. Au fond, je veux juste rentrer, mais ce simple retour est aussi irréalisable que me transformer en mante religieuse. Les mantes bougent leurs pattes à une vitesse que je serais bien incapable d'atteindre sans avoir le tournis. Les mantes religieuses bougent, les vaches ruminent, les oiseaux sifflent, et moi, cette quantité de mots débités à la seconde m'étourdit au point que je me heurte à toutes les masses de l'univers.

Je marche sous le porche et le long des galeries qui entourent la maison, inspecte les auvents pour y trouver des guêpes, des chenilles de papillons ou de mites ; je m'approche pour examiner les espaces entre les blocs de terre, là où la peinture s'écaille ; j'observe les interstices entre les briques, les fissures ; c'est là que se cachent mes araignées, mes charançons à trompe, mes mille-pattes habiles. Je sais qu'ils sont tous présents dans cette maison, notre maison, une croûte de terre sèche et obscure, un bouillon de culture qui les héberge le temps que je revienne. Ils sont minuscules, beaux et loyaux.

Parfois, alors que je suis plongé dans mes observations minutieuses, je vous sens, père, entrer par une des portes de mon esprit et crier : « Remue-toi, Lucas, arrête de marcher comme une marionnette ! » Je tremble, mais non de peur. Car ce n'est pas vraiment votre voix, père. Je ne peux pas me la rappeler, et malgré mes efforts je n'entends que les phrases ternes à force d'avoir trop servi que vous prononciez en toute occasion. Mais ce ne sont que des échos qui enflent et prennent la forme que je leur donne.

Je suis le créateur d'un père. Il ne sera pas à mon image quand il naîtra dans mon souvenir, mais prendra l'apparence de voix inventées, d'articulations molles, et ce père se traînera à l'intérieur de ma tête : repenti, prisonnier de ma mémoire.

Ce père qui est le mien. Une horreur qui est la mienne.

Une fois devant la porte, je frappe et fais la seule chose dont je sois capable dans ce genre de situation : une cochonnerie. Je sais que je n'ai pas mangé, dormi ni déféqué ces jours derniers, entièrement occupés par mon retour. Ne pouvant accomplir ni la première ni la deuxième action, mes nerfs me poussent à commettre la troisième. Quand des bruits de pas se rapprochent, de grandes foulées que je connais bien, je sens mon urine chaude couler le long de mes cuisses. Son odeur me calme un instant.

J'inspire aussi profondément que possible et emplis mon cœur d'ammoniaque, puis un poids leste soudain le fond de mon pantalon. Quelque chose vient de tomber. Trois petits cailloux. La frayeur me détraque les entrailles. Force m'est de constater que je me réjouis de l'expression de Felisberto, qui me regarde comme si je pourrissais sur pied, puis me flanque une gifle. Sa main acromégalique ébranle ma tête.

L'odeur d'ammoniaque a complètement disparu. Je pue l'eau croupie et sens battre ma joue. Mon retour est triste. Seul le géant velu m'accueille. On me pousse à me mettre en colère. Où sont-elles, maintenant que je suis rentré, père ? Je ne vois aucune trace de leur présence.

Personne ne rend justice à l'orphelin. Dans ces conditions et pendant une seconde, je suis un dieu punitif. Pareil au Dieu de l'Ancien Testament en personne, quoique moins sanguinaire. Je ne veux pas anéantir la planète, raison pour laquelle Dieu est resté si seul, si misérable qu'il a dû se diviser en trois : le Père, le Fils et le Saint-Esprit (de tous, ce dernier est le plus rasoir et le plus inutile).

Il est resté seul parce qu'Il avait détruit les hommes, compris que leur méchanceté était grande, si bien qu'Il a voulu refaire tout ce qu'Il avait créé, comme un enfant mécontent de ses figurines d'argile ; Il les a regardées, informes, toujours inachevées, et Il a eu des regrets avant de s'énerver. Parfois il valait mieux que

Dieu agisse de la sorte, car par la suite Il n'a même plus eu envie de jouer ni de détruire ses créations, qu'Il a laissées se corrompre sans plus intervenir.

Mais Dieu ne savait pas ce que je sais, Il n'a pas su apprendre à l'homme à pourrir, à perdre sa voix et ses mots, à liquéfier ses viscères, s'élever et quitter son corps humain qui n'est qu'une chrysalide.

Musique bénie, mélodie bénie qui murmure.

LA TRAITE

Le troisième jour, la maison tout entière sentait les raisins secs rances. Cette odeur de fruit peut-être légèrement pourri s'échappait de la chambre de Felisberto et Eloy, si doucereuse qu'on avait envie de la suivre à la trace. En me réveillant, je les ai regardés par la fenêtre. Ils trayaient les vaches dont les pis disparaissaient derrière leurs mains gigantesques dès qu'ils les empoignaient. Je les ai ensuite vus boire le lait immaculé et épais comme deux bêtes, puis se passer le seau.

J'ai dévalé l'escalier au moment où ils entraient, les lueurs de l'aube derrière eux. Ils ont fermé la porte avec une autorité qui m'a fait penser qu'ils ne repartiraient plus, c'est du moins l'impression que j'ai eue car les présages existent et celui-là était sans doute le premier de ma vie : Felisberto et Eloy n'allaient pas repartir, père.

« Tu veux du lait ? » m'a demandé Felisberto en riant tandis que je le regardais traverser le vestibule à grandes enjambées, l'autre lui emboîtant le pas.

Je l'ai regardé, effrayé, et me suis précipité dans la cuisine où Esther lavait des pamplemousses. Noah et Mara faisaient de la compote et vous étiez assis devant la vieille table, dans votre pyjama en lin à rayures rouges boutonné jusqu'au cou. À la table où on coupait habituellement les fruits et où on attendrissait la viande, vous preniez votre café dans une tenue que je trouvais parfaitement ridicule, père.

J'ai détourné le regard que j'ai posé sur Esther, Noah et Mara, comme pour les prévenir de leur arrivée, mais ils étaient déjà là. J'avais beau me hâter, avec leurs grandes jambes ils me rattrapaient toujours.

« Nous avons apporté du lait », a annoncé Felisberto.

Derrière lui, Eloy portait négligemment les seaux, le goitre tremblotant, laissant sur son passage des gouttes blanches qui avaient l'aspect d'une pluie sale.

J'ignorais s'il était muet ou idiot, mais quand on se concentrait, on l'entendait émettre une sorte de ronflement, un grognement permanent d'homme désespéré, des halètements et des murmures : cache-toi, tais-toi, ne bouge pas.

Noah et Mara ont abandonné les récipients en verre à demi pleins de compote de prunes pour servir quatre gobelets de lait frais qu'elles ont posés sur la table.

« Vos boissons, messieurs », leur a dit Mara.

Noah est partie d'un rire espiègle. Elles ont d'abord servi Felisberto et Eloy, puis vous, père, et moi en dernier. Depuis leur arrivée je passais toujours en dernier.

« Vous êtes des lève-tôt, leur avez-vous dit en ajoutant des figues au sirop à votre fromage frais. J'en suis ravi ! Vraiment ravi ! L'essentiel dans la vie, ce sont les bonnes habitudes. Elles sauvent les hommes de la fatalité. Mais pour le moment, elles ne sont pas nécessaires. Dites-moi plutôt ce que vous pensez, vénérables messieurs, de ce dont nous avons parlé hier. »

Felisberto ne lui a pas répondu immédiatement. Il a d'abord éclusé son verre de lait qu'il a laissé en suspens entre sa bouche et la table pour reluquer Noah, qui se déhanchait en chantonnant doucement un air proche de la marche nuptiale tout en s'occupant de ses compotes. Vous aussi l'avez regardée et vous avez souri. Felisberto a reposé son verre violemment et a passé la paume de sa main sur sa bouche pour s'essuyer.

« Nous ne vous demanderons aucune rétribution pour ce travail, mais nous aimerions être hébergés ici jusqu'au début des récoltes. Nous repartirons en mars.

— Magnifique. Je trouve cela magnifique.

— Et si nous pouvions occuper une chambre supplémentaire, nous vous en serions reconnaissants.

— Bien sûr ! Vous pouvez utiliser celle qui est attenante à la vôtre. Nous y mettrons un lit et enlèverons le piano.

— C'est inutile, Eloy en joue. Nous ignorions que vous en possédiez un. Ça le calme beaucoup, le soir.

— Ça le calme ?

— Oui, ça l'endort.

— Ma mère en jouait autrefois. Ah, ma mère ! Elle avait les doigts si fins qu'on devinait à peine la peau qui les enrobait. Quand elle jouait, le bruit de ses os sur les touches résonnait avant la note. Des os sur...

— Dieu du ciel ! » s'est alors écriée Sarai de l'étage où, d'après les frottements qui nous parvenaient, elle devait à cette heure passer le balai.

Felisberto a paru surpris alors qu'il ne l'était pas le moins du monde.

« Ne vous inquiétez pas, messieurs. Les femmes qui vivent dans cette maison hurlent et sont toujours impatientes. Tantôt elles affirment avoir entendu des pas ou des voix, tantôt elles crient parce que le linge s'envole tout seul de la corde jusqu'au ciel. Elles disent qu'il y a des esprits. Même le vent, elles le qualifient d'esprit. Le mot "calamité" a été inventé pour elles. »

Felisberto a hoché la tête.

« Au diable les femmes ! » a-t-il décrété avec le plus grand sérieux, en paraissant dégoûté alors qu'il ne l'était pas le moins du monde.

Et vous, vous avez éclaté de rire.

Eloy était d'une impassibilité absolue. Il buvait son verre de lait de manière si abjecte que ça en devenait fascinant. De chaque côté de son visage se répandaient des coulées blanches qu'il essuyait avec la nappe lorsqu'elles atteignaient son cou et dégoulinaient sur ses cheveux noirs et sales, divisés par une raie au milieu, qui ourlaient sa barbe comme des vagues. Il ne se les était pas lavés depuis son arrivée ou même, à en juger par son apparence, de sa vie.

Je les ai laissés tous les trois à leur bavardage pour rejoindre Sarai. Elle se trouvait à l'étage, dans la petite salle où on jouait aux cartes, appuyée contre la fenêtre. Je m'y suis penché aussitôt et j'ai vu ce qu'elle observait. Les vaches formaient un cercle et rôdaient dans le jardin de ma mère. Elles arrachaient les giroflées et les alysses, et elles s'aidaient de leurs babines pour attirer dans leurs grandes mâchoires les amours-en-cage rouges et dorés qui pendaient de leur museau avant de les broyer. Elles donnaient l'impression de se bourrer de friandises.

Elles ont vite pris leurs aises, posant d'abord leur derrière, puis l'avant de leur corps au sol avec une incorrigible lenteur, et sont restées immobiles, comme bourrelées de remords après leur accès de gourmandise.

« Maman ! » ai-je crié.

Ma mère venait de sortir de sa chambre, le visage auréolé de cheveux d'anges semblables à ceux qu'on met dans la soupe, en plus sombres. Ils étaient fins, si fins que lorsqu'elle serait âgée je l'imaginais avec un duvet sur la tête. Elle portait de longs jupons qui traînaient son sommeil avec eux.

« Mère ! Ne sortez pas ! Retournez dans votre chambre », l'ai-je suppliée.

Mais, à demi endormie, elle a fait ce que l'on fait quand on vous ordonne de ne pas vous retourner et que vous regardez néanmoins. Elle s'est approchée de la fenêtre. Elle n'a pas bougé en voyant ce qui se passait dehors. Vos rires et ceux des hommes montaient de la cuisine tandis que ma mère observait les vaches allongées dans son jardin, qui mastiquaient les fleurs, coupaient les tiges, écrasaient les trèfles avec une épouvantable passivité. Le bruit de vos rires, père, avait dû couvrir celui du spectacle auquel elle assistait.

Sans me laisser le temps de réagir, maman avait déjà enfilé ses bottes et dévalait les marches dans un élan inattendu. Elle avait les yeux vides. Ce fut comme un glissement de terrain. Quelque chose avait bougé et des monceaux de pierres tombaient, tombaient à n'en plus finir. Vers un abîme.

Lorsque je l'ai revue elle montait l'escalier avec un des fusils que vous rangiez dans la cave. Ses jupons se soulevaient à chacun de ses pas.

Sans hésiter, elle a visé depuis la fenêtre.

La vache était déjà couchée, de sorte que lorsqu'elle a pris la balle seule sa tête s'est affaissée et elle a gémi faiblement. En bas, les rires se sont interrompus. Vous et Felisberto vous êtes précipités à l'étage et nous avez trouvés, Sarai et moi, debout dans un coin de la pièce, ignorant ce qui était survenu, tournés vers ma mère qui, à cet instant, s'est effondrée au sol comme si elle tombait à genoux, mais les jambes écartées, le fusil au milieu, pareil à un minaret dressé dans ses jupons. Elle pleurait à chaudes larmes.

Vous l'avez saisie avec force, je voulais que vous la lâchiez.

« Josefina ! »

Vous aviez beau lui secouer violemment les épaules, elle ne sortait pas de son hébétude.

« Josefina ! Josefina ! »

Ma mère pleurait et se frottait les yeux sans parvenir à contrôler les soupirs agités qui heurtaient ses pleurs.

« Les giroflées étaient à peine sorties de terre », a-t-elle sangloté.

« Va voir Esther, Lucas. Demande-lui de préparer quelque chose pour ta mère. Quelque chose de fort... et qu'elle aille chercher le père Hetz », m'avez-vous ordonné en me regardant droit dans les yeux, comme si vous veniez de vous apercevoir que j'étais là et que j'étais votre fils.

« J'y vais », proposa Sarai, qui s'était baissée et caressait les cheveux de ma mère pour stopper ses larmes.

À ce moment-là, Felisberto s'est approché lui aussi et a empoigné ma mère par l'autre bras. Quand ils ont essayé de la soulever, il s'est adressé à elle d'une voix polie, mais qui ne l'était pas le moins du monde :

« Vous avez peut-être besoin d'un peu de repos, madame Torrente.

— Lâchez-moi ! Lâchez-moi ! Qu'est-ce que vous faites encore ici ?

— Ça ne te regarde pas, Josefina ! Ils vont rester un peu plus longtemps que prévu pour travailler avec moi. Tu sais bien que je cherche de l'aide depuis longtemps.

— Ils ne peuvent pas rester ici. Ce n'est pas chez eux.

— Tais-toi. Là, maintenant, je ne veux pas t'écouter. Ces hommes sont prêts à m'aider.

— Mais Lucas, tu es encore là ? Cours trouver Esther ! » m'avez-vous répété.

Sarai m'a pris la main et nous avons descendu l'escalier au pied duquel attendait Esther, en compagnie de Noah et Mara. Elle n'arrêtait pas de se signer et susurrait sans doute l'Ave Maria en égrenant le rosaire infini qui ne la quittait pas.

« Nous avons préféré rester en bas pour ne pas déranger. Qu'est-il arrivé à madame Josefina ? Quand on est privé de Dieu, on s'égare facilement.

— Tais-toi Esther. C'était un accident, l'a rabrouée Sarai.

— Avec Dieu, il n'y a jamais d'accidents.

— Mais boucle-la ! Va préparer un tilleul et ajoutes-y un peu de cognac. Et pas un mot de plus ! a tempêté Sarai, les yeux écarquillés de rage.

— Viens ici, Lucas, aide-nous à préparer les compotes, m'ont intimé Noah et Mara. Ensuite, nous te ferons couler un bain et nous irons ramasser des pommes. Certains arbustes en sont couverts, pas vrai, Sarai ?

— Oui, nous irons voir les pommes. C'est ce qu'on a de mieux à faire aujourd'hui. »

Nous sommes retournés à la cuisine. Esther a fait chauffer de l'eau pour l'infusion et Sarai est partie chercher le père Hetz.

Eloy n'avait pas daigné se retourner en nous entendant arriver. Il ne manifestait aucun intérêt pour ce qui venait de se passer. Son gobelet de lait terminé, il s'est levé lentement en poussant son éternel et horrible grognement, des lagunes blanches sur toute sa barbe.

Nous l'avons regardé sortir, puis réapparaître à l'extérieur, du côté du jardin. Il a enjambé la vache couchée par terre qui n'a pas bougé, mais la nuée de mouches autour d'elle s'est dispersée et volatilisée. Après avoir constaté qu'elle ne respirait plus, il l'a laissée au milieu du jardin, a glissé deux doigts dans sa bouche et sifflé. Quand les autres vaches se sont approchées, il s'est dirigé vers l'enclos, les bêtes dociles derrière lui.

LE PIANO

Sarai était la plus jeune des quatre et il lui manquait deux doigts à la main gauche : l'index et le majeur. Quand elle me prenait par la main, elle utilisait ses trois doigts valides en pressant un peu trop, comme une poule en colère. Mais c'était sa seule marque de rudesse. J'avais parfois l'impression que cette main n'était pas la sienne, qu'il s'agissait d'une prothèse qu'on lui enlèverait un jour pour qu'apparaisse à sa place une main de nouveau-né que nous verrions grandir au fil des années, jusqu'à ce qu'elle ait la même taille que sa main droite.

J'avais ce genre de pensées quand je me promenais avec elle, raison pour laquelle je trébuchais au moindre dénivelé et tombais, en général sur les fesses, et elle me relevait avec sa patte de poule. Nous étions pareils à une chaîne de vélo mal graissée. Nous avancions par à-coups.

Sa mauvaise main serrant la mienne, nous nous apprêtions à aller ramasser ces fichues pommes. Noah et Mara nous précédaient, leurs longs cheveux défaits, ce qu'elles s'empressaient de faire dès qu'elles sortaient. Elles dénouaient les tresses serrées qu'Esther les obligeait à porter et dégrafaient les premiers boutons de leurs uniformes au plastron amidonné au point de ressembler à deux nymphes ailées. Elles parlaient et riaient sans qu'on sache de quoi, car nous ne les entendions pas.

Sarai était la plus jeune, mais elle se comportait avec davantage de sérieux que ses compagnes, à l'image d'une fausse sœur aînée. Il en était peut-être ainsi parce que Noah et Mara formaient un couple de filles ayant le même âge éternel et ne souffrant pas l'intromission d'un tiers.

Nous avons traversé le jardin et vu l'énorme cadavre de la vache couché dans l'herbe, entouré de mouches minuscules, qui nous rappelait le drame survenu un peu plus tôt, mais nous l'avons dépassé en détournant le regard.

Une fois sur le sentier, nous nous sommes dirigés vers les arbres fruitiers, mais au lieu de ramasser des pommes, nous nous sommes assis et avons enlevé nos souliers. Le soleil caressait nos visages avec douceur et laissait par instants une brise tiède nous chatouiller le corps.

L'espace d'une seconde, cette lumière m'a fait oublier ce qui s'était passé avec ma mère. Que Felisberto et Eloy s'étaient installés à la maison. J'ai vécu un de ces moments où on remonte le temps sans le vouloir. Je suis resté longtemps étendu dans l'herbe, sur le dos, à me demander si les points brillants qui apparaissaient dans le ciel quand on fixe le soleil étaient des parcelles d'autres mondes.

En sentant les rayons me brûler les joues, je me suis retourné pour ramper comme un reptile et observer les alouettes qui se balançaient en véritables trapézistes sur les branches les plus basses des pommiers. J'avançais lentement afin de ne pas les effrayer, mais le rire strident de Noah les a fait fuir. Elle s'esclaffait sans pouvoir s'arrêter tandis que Mara chantait plus ou moins cela :

La demoiselle X veut épouser
le poivron rouge.
Bleu et vert.
Elle ne veut pas qu'on sache
qui est son fiancé.
Le petit Monsieur X.

Noah riait tellement qu'elle poussait de petits cris, semblable à une marmotte. Une vraie marmotte, je le jure.

« Il m'aime un peu, beaucoup, à la folie, pas du tout. Les marguerites nous diront tout. »

Mara chantait toujours en arrachant des trèfles pourpres, qui abondent dans l'herbe et s'intercalent entre les brins comme des coups de pinceau aux mauvais endroits. Ma mère les adorait. Mara coupait leurs feuilles puis lançait les tiges en l'air, euphorique.

Sarai a levé la tête pour leur jeter un coup d'œil réprobateur, comme si elle voulait les pétrifier sur place, mais Mara y a mis un terme :

« À vrai dire, tu as plus de chances de l'épouser que nous.

— Vous racontez n'importe quoi !

— Nous l'avons vu te reluquer. Enfin, j'avoue qu'aujourd'hui je l'ai surpris à me regarder moi aussi, alors je me suis mise à chanter. »

J'écoutais attentivement leurs chuchotements qui ne me plaisaient pas du tout. À Sarai non plus. Elle s'est rallongée dans l'herbe en fermant les yeux, croyant peut-être qu'ainsi elle cesserait de les entendre.

« Si Esther l'apprenait, elle deviendrait folle, a fait remarquer Noah. Si elle entendait ce que tu racontes… Pouah, elle est tellement aigrie parfois !

— Elle ne l'était pas avant. Mais je la comprends. En vieillissant, on attrape des rides jusque dans les entrailles. »

Les rires et les petits cris ont repris de plus belle.

« Mais taisez-vous donc ! s'est exclamée Sarai, agacée. On ne peut pas se reposer tranquillement sans que vous nous cassiez les oreilles ! On dirait deux perruches. Deux perruches idiotes et assommantes. Il n'y aurait qu'une sourde pour vous supporter. Une vieille sourde. Viens, Lucas, allons ramasser ces pommes ! »

Je les ai laissées faire pendant que j'enfourchais et chevauchais le bâton que nous avions emporté, m'imaginant devant trois femmes en détresse que quelqu'un épiait tandis que je faisais avancer mon cheval blanc sans me servir de mes mains, puis dégainais mon pistolet et tirais.

« Bang ! Bang ! »

La colère de Sarai a redoublé.

« Ça suffit, Lucas ! Viens m'aider. »

Mais je ne lui ai pas obéi et me suis employé à chasser des sauterelles. Elles étaient d'un vert si intense qu'il ne pouvait être comparé à rien, pas même à l'aquarelle la plus vive. J'ai fourré les insectes volants dans ma poche afin de les montrer à ma mère.

Nous sommes rentrés à la tombée de la nuit, observant chacun un profond silence, nos quatre paniers remplis de pommes. Le mien était lourd, mais je le portais d'une seule main, l'autre retenant la poche qui contenait les sauterelles. Esther nous attendait sur le seuil et nous a débarrassés de nos paniers qu'elle a pris un par un, débordante de joie.

« Nous allons faire un gâteau ! s'est-elle écriée.

— Comment va madame Josefina ? s'est enquise Sarai à voix basse.

— Elle dort. On lui a donné un somnifère. »

Alors, en passant la porte, nous avons entendu la musique. Jouée au piano, elle envahissait toute la maison qui, pour la première fois, se révélait avoir une forte capacité de résonance. Elle s'élevait dans la cuisine, le salon, les chambres, et si quelqu'un était descendu au village à cet instant, ces notes l'auraient à coup sûr accompagné avec une netteté saisissante. Le piano semblait être partout.

« Monsieur Eloy est en train de jouer, nous a informés Esther. Il a plutôt du talent. »

Elle a posé les pommes dans la cuisine et nous sommes allés voir Eloy jouer. C'était réellement fascinant. Un gorille de cirque dompté interprétant une sonate de Brahms. Vous et Felisberto étiez assis derrière lui et buviez de l'eau-de-vie. Quand je me suis approché de vous, une sauterelle s'est échappée sur vos jambes.

« Mais que fais-tu ? Enlève tout de suite ces bestioles d'ici ! Par Jésus crucifié, cette manie que tu as de collectionner les insectes, Lucas ! »

La sauterelle a vite gagné le piano et elle est restée là un instant, vivante mais immobile.

Noah et Mara ont pris place à côté de vous et de Felisberto. J'ai reculé lentement vers le coin de la pièce où se tenait Sarai, les yeux rivés au sol.

« Je veux voir ma mère, Sarai.

— Va, mon petit.

— Tu ne m'accompagnes pas ?

— Pas maintenant. J'aimerais écouter un peu. »

Je vous ai laissés là. En m'éloignant, je vous ai vus comme les personnages d'un de ces tableaux accrochés sur le mur de la salle à manger d'une grande maison, qui assombrissent tout ce qu'il y a autour parce qu'aucun des individus représentés ne vous regarde vraiment.

Et j'ai commencé à vous détester, père. Vous plus que les autres.

À présent, j'en comprends la raison : tout père abrite un dieu et considère ses enfants comme des figurines d'argile toujours inachevées qu'il cherche sans cesse à recréer à son image pour finir par les condamner : il les accable de fléaux et de déluges, les maudit, puis leur pardonne sa propre vanité. Et nous autres, humains, sommes tous des enfants d'argile timorés et craquelés qui errent de leur vivant, dépourvus de bras, de jambes, ou encore difformes. Bien que personne ne puisse nous voir.

LARVE BLANCHE ET MOLLE

J'observe le géant à la dérobée. Mon corps tremble, mais pas de peur. Je suis fébrile. Cela fait longtemps que j'ai envie d'être ici, de vivre ce moment devant Felisberto, dans cette maison qui est la nôtre, pour me traîner et supplier qu'on m'y accueille de nouveau.

Je voulais m'humilier, baiser sa main acromégalique et velue, devenir le serviteur le plus loyal du monde, celui qui s'oblige à aimer encore plus la personne qu'il sert parce qu'il la sait abjecte. J'y aspirais de tout mon cœur, père. Car ainsi je vous comprenais. On peut s'enticher de monstruosités. Je me rappelle avoir vu un jour un enfant près de la ferme de Monsieur Elmur. Il avait le regard clair, père, et l'apparence d'un enfant que tout le monde souhaite caresser. Quand il s'est approché de moi, il m'a imploré de lui donner quelque chose, de la nourriture, des couvertures, n'importe quoi.

Je lui ai envoyé un coup de pied dans les genoux. Car de quel droit m'abordait-il, pourquoi cherchait-il mon soutien alors que je n'avais rien ?

Il est revenu tous les jours, père. Me demander à manger ou de quoi se couvrir, et après avoir été frappé il repartait, enchanté de cette correction, se tenant le mollet et sautant à cloche-pied.

Quand je me sentais totalement seul, seul comme dans un four ou un scarabée à l'intérieur de son œuf incassable, mon plus grand désir était de retourner dans cette maison. Pour y recevoir des coups.

Je voulais les voir, continuer à les épier. Depuis qu'on m'avait chassé de là, j'étais contraint à revenir, à m'insinuer dans leurs existences, à respirer leur air obscène, à dormir en écoutant leurs ronflements grossiers et le bruit de leurs pas, à marcher en leur compagnie, à sentir l'odeur de sueur laissée sur leur passage : à vivre dans leur peau morte qui est la nôtre.

J'ignore jusqu'à quel point ces sentiments sont répugnants. Quand les larves de mouche s'apprêtent à éclore, tout se liquéfie à l'intérieur de leur cocon pour former un être complètement différent : une mouche. Des pattes effilées et des ailes géométriquement bien taillées naissent d'une larve blanche et molle.

Il en va de même avec ce que j'éprouve : tout en moi, y compris le sentiment le plus ignoble, se métamorphose et peut devenir une idée prodigieuse selon mon bon vouloir. Mais ne nous avançons pas et laissons l'immonde pulluler autour de moi.

N'est-ce pas ce que vous m'avez enseigné ?

Après m'avoir flanqué une gifle, Felisberto me regarde quelques minutes et se moque de moi. Il me parle et se lisse la barbe en partant comme toujours de son rire sardonique. Assis sur le pas de la porte, il se nettoie les ongles en les mordant, puis recrache la saleté là où je me tiens.

« Petit misérable, qu'est-ce que tu fais ici, bon sang ? »

Je me redresse et bombe le torse.

« Petit ou grand ? Regarde bien. »

Il se lève, visiblement à bout de patience, et me tourne autour, prêt à m'assener une deuxième gifle. Je recule, affronte un de ses regards de maton avant de m'agenouiller, les mains jointes sur la poitrine.

Il pousse la porte du pied, appelle Eloy qui sort péniblement avec sa jambe raide comme une prothèse, se dirige vers le baril rempli d'eau de pluie et revient en portant une bassine pleine. Il se contente de grogner mais j'entends : cache-toi, tais-toi, ne bouge pas.

« Enlève ton pantalon, m'ordonne Felisberto. »

Je m'exécute. Eloy m'asperge d'eau et laisse ensuite tomber la bassine sur moi.

« Monseigneur, je suis revenu pour tous vous servir. Je n'ai que vous au monde : Sarai, Noah, Mara et vous deux. Quand on a dû ramper pour avoir de quoi manger, comment vivre loin de chez soi ?

— Lève-toi. Pourquoi cet avare t'a donc laissé partir ?

— Je me suis échappé. Je l'ai empoisonné, mais il n'y a pas de danger, ce n'est pas mortel. En si petites quantités, l'infusion d'hortensia ne tue pas. Il sortira bientôt des latrines et viendra probablement me chercher, mais ne le laisse pas, monseigneur, ne le laisse pas m'emmener, lui dis-je en enfilant mon pantalon mouillé que je maintiens fermé à deux mains.

— Qu'il aille se faire voir ! Je ne lui rendrai pas la somme qu'il a payée pour t'avoir.

— Si je travaille ici, je peux le rembourser. Regarde mon torse, tiens ! Et mes bras, tiens ! Je ferai tout ce que vous voudrez, à condition de rester ici. Je travaillerai jour et nuit, jusqu'à ce que mes os soient douloureux, même dans mon sommeil, et si c'est ce que vous souhaitez, mes rêves seront pleins d'aigreur.

— Ne fais pas le malin. Je ne veux pas d'un menteur à mon service.

— Monsieur Almur, maître. Tu permets que je t'appelle comme cela ? Monsieur Almur posait beaucoup de questions sur mon père. Il trouvait toute cette histoire étrange, bizarre. "Ça sent le pourri", disait-il. "Raconte-moi", me suppliait-il le soir. "Qu'as-tu vu ? Que s'est-il passé ? Pourquoi trembles-tu ? Je peux t'aider", répétait-il sans relâche. Quand je parlais il me donnait la peau du poulet en plus de mon pain dur.

— Ferme-la, sale petite crapule.

— Il me disait que les terres de mon père ne devaient pas rester entre les mains d'étrangers, qu'il fallait faire quelque chose. Je ne vous ai pas trahis. Oh non, monseigneur, je préférerais être mort et bien mort.

— Qu'il aille au diable, cet Elmur ! C'est une ordure. Plus que toi encore.

— Je suis désolé, maître. Je t'ai agacé. Permets-moi de rester, je t'en supplie, je t'en supplie. J'ai froid et j'ai faim. »

UNE OFFRANDE ENFLAMMÉE

Le père Hetz est arrivé avec la sœur Bruna, chargée d'hosties pour l'eucharistie. Elle en avait toujours beaucoup sur elle, enveloppées dans des mouchoirs en soie, éparpillées dans ses poches et son sac. Qui sait combien de fois par jour elle communiait en secret, persuadée de manger le corps du Christ tout en satisfaisant une gourmandise pure et sacrée ?

J'étais assez fasciné par cette nonne, par son odeur chaste qu'elle ne se donnait pas la peine de masquer avec du savon, son habit noir jamais froissé qu'elle faisait virevolter comme une collégienne qui se déhanche, ses jambes secrètes et sans bas, ses mollets osseux et divins qui apparaissaient sous sa chasuble et la petite chaîne en or passée dans une médaille représentant saint Siméon le Stylite.

Ses chaussures n'avaient jamais la moindre tache et étaient petites et très étroites, à croire que la sœur Bruna avait des pieds de verre. Quand elle se tenait devant moi, j'avais envie de me comporter en impie, de lui arracher ses souliers pour lui baiser les pieds et caresser ses chevilles jusqu'à ce que Dieu en personne vienne nous punir, nous infliger un châtiment doux et mérité.

Ils étaient accompagnés de deux femmes du village dévotes et prévenantes, mais laides comme des taons, leurs cheveux relevés au niveau de la nuque et leurs lèvres fardées d'un rose pastel.

Après la communion, ils se sont enfermés dans le bureau avec vous, père, et n'en sont sortis qu'en toute fin d'après-midi, lorsque Felisberto et Eloy sont arrivés.

« Ces messieurs désirent-ils communier ? a demandé le père Hetz.

— Oui, mon père, a répondu Felisberto.

— *In nomine Patris, et Filii, et Spiritus Sancti. Amen.* »

Seul Felisberto a pris l'hostie, debout, les mains dans le dos, et le père Hetz a dû se hisser sur l'ottomane verte pour atteindre sa bouche.

« Est-il possible de voir madame Josefina, maintenant ? » a-t-il demandé.

À cet instant, j'ignorais pourquoi ils voulaient rendre visite à ma mère, mais si j'avais connu leurs intentions, je leur aurais mordu les mollets comme un chien – enragé si possible – et les aurais contaminés en leur plantant mes crocs dans la peau, leur causant autant de douleur que de frayeur, y compris et surtout à la sœur Bruna.

« Je leur ai tout raconté. Je leur ai également parlé des livres, avez-vous dit à Felisberto.

— Quels livres, père ? » me suis-je écrié, peu informé des faits, occupé jusqu'alors à jouer sous l'escalier.

Vous ne m'avez pas répondu ni même regardé, père.

Eloy, qui était assis sur le canapé et se grattait les jambes, s'est levé et m'a pris comme un chat qu'il faut sortir pour éviter qu'il fasse pipi dans le salon. L'odeur de son torse pourri et de ses vêtements imprégnés de sueur dégoûtante m'est montée aux narines. Je l'ai frappé de mes poings d'enfant. Tandis qu'il m'emmenait, j'ai vu les laiderons me regarder d'un air ravi, cachant leurs sourires derrière leurs lèvres tartinées de ce rose vulgaire. Les punitions, la violence d'un coup de fouet justifié les mettaient en joie.

Nous sommes restés longtemps dans le jardin. Eloy grognait en jouant avec les fourmis. Il en a tué beaucoup, une par une, jusqu'à ce que son index soit couvert d'une pâte noire d'exosquelettes détruits, puis il l'a léché comme s'il était enduit de miel.

Je pleurais comme un idiot en assistant à ce massacre immense et pourtant minuscule.

J'ai tenté de me relever, mais il lui a suffi à une ou deux reprises de m'agripper le mollet ou la jambe avec sa main de singe pour m'obliger à rester assis à ses côtés, lassé de cette attente, très calme.

Vous êtes brusquement sortis tous ensemble. Sarai, Noah, Esther, Mara, les laiderons, la sœur Bruna, le père Hetz et vous en tête, chargés de livres et de documents, de planches et papiers de formats divers, de grands albums que vous portiez sans précaution, laissant s'échapper des volumes des fleurs et des feuilles séchées. J'ai alors compris de quoi il retournait.

Vous aviez pris tout ce que ma mère rangeait dans le coffre du Cundinamarca, qui avait appartenu à son oncle Enrique, porté disparu. Le coffre était arrivé en même temps que sa dernière lettre en provenance du département du Cundinamarca. Après avoir réceptionné l'objet et pour s'épargner la douleur de poursuivre les recherches, la famille avait préféré le déclarer mort. Ma mère avait gardé cette malle qu'elle avait baptisée « le coffre du Cundinamarca ». Elle y conservait ses livres de botanique, ses planches, les insectes de Jan Van Kessel l'Ancien, des catalogues de semences, des ouvrages culinaires, des grimoires et autres manuels d'entomologie, en un mot les secrets de son monde.

Depuis ma plus tendre enfance, je passais des journées entières auprès d'elle, à contempler ces livres reliés de cuir écaillé, fasciné par les index qui ressemblaient à des listes de noms de femmes de royaumes lointains : *Araucaria excelsa*, *Chamædorea elegans*, *Eruca sativa*.

Je vous ai vus vous diriger vers l'endroit où avaient un jour poussé les giroflées. Vous avez entassé votre butin au milieu des statues de pierre pour y mettre le feu. Vous avez tout détruit, père. Vous avez tué les mots, les dessins, le papier, les cités d'insectes, des forêts entières, des jardins secrets, et cet amas avait l'apparence d'une offrande enflammée, une offrande à votre Dieu que les foules admiraient et devant lequel vous-même, le père Hetz et Felisberto vous signiez comme ses serviteurs les plus dévoués, une épouvantable trinité. Le père Hetz regardait chaque ouvrage, inspectait ces spécimens comparables à des animaux dangereux, en examinait le contenu, mais n'en trouvant aucun à son goût il les refermait violemment et secouait la tête pour leur refuser d'exister. Il vous les tendait et vous, père, les jetiez dans le brasier qui montait jusqu'au ciel.

J'ai vu l'univers de ma mère tomber en ruine, et personne ne pourrait jamais plus réédifier ces lieux. J'ai pleuré et hoqueté en vous regardant tous, assis près d'Eloy qui bavait comme un idiot en m'empoignant la cheville.

J'ai vu Felisberto, aussi impressionnant qu'un géant. Et vous, père, la sœur Bruna, le père Hetz, mes nourrices, ces femmes que j'avais tant aimées, se tenant à proximité des femmes laides comme des poux. On aurait dit un troupeau composé de moutons mutilés, sans yeux, avec seulement une moitié d'oreille, un troupeau d'éclopés regardant le ciel autour du feu.

Dieu était fait à votre image.

LES CYCLOPES

En ouvrant la porte de la pièce proche de l'étable, je découvre un banc couvert de selles entassées les unes sur les autres : les vôtres, celles de mon grand-père et de mon arrière-grand-père ; elles sont vieilles et mordillées par les rats. J'ai l'impression d'ouvrir une sépulture et d'y découvrir des cadavres habillés de vêtements déchirés, rongés aux mites. Je referme la porte, les saisis une par une avec une certaine solennité, comme si je prenais congé de tous ces êtres, puis je m'allonge.

C'est mon nouvel espace, une cellule, une tour, un bateau, un tunnel. Tout ce que je voudrais que soit cette pièce, elle le sera.

Le souffle des chevaux logés dans l'étable me dérange. Ce sont les montures de Felisberto et Eloy, de grands et noirs étalons dépourvus de calme ; ils ont le crin dur et épais, coupé à ras, les naseaux si dilatés que mon poing y tient, les fanons bien fournis. Leurs yeux dont le blanc est jaunâtre, comme brûlé, fixent toujours un point lointain. Ces chevaux ne peuvent pas regarder un homme car ils leur montreraient sa mort. Felisberto et Eloy étaient arrivés sur le dos de ces bêtes qui s'agitaient dès qu'on les approchait, frappaient les portes de l'étable et s'ébrouaient, désespérées.

Ces chevaux avaient peut-être honte de servir de tels individus.

Pardonnez-leur, père, ils ne savaient pas ce qu'ils faisaient.

De la maison, Felisberto ne m'a autorisé à emporter qu'un candélabre à plusieurs branches et trois vieilles bougies à la partie supérieure déformée, semblables à des montagnes de neige en Antarctique, le seul endroit que je peux nommer en étant sûr à cent pour cent qu'il y a de la neige. C'est le point le plus austral de la Terre, m'a appris le professeur Erlano lors d'une de ses leçons du mardi et du jeudi, en m'embaumant de son odeur de patchouli. Je connais la mythologie, l'histoire de Rome et de la Grèce, la botanique et la biologie, mais si on m'interrogeait sur le monde tel qu'il doit être aujourd'hui, je ne saurais pas quoi dire. Je suis seul sur mon île d'histoire antique. Je n'ai pas obtenu davantage de renseignements à propos de la neige ou de ce lieu très au sud, mais j'avais l'impression qu'en y allant on risquait de dégringoler dans l'espace, père. Parfois je me pose des questions auxquelles je suis incapable de répondre, alors j'invente.

Que devient la cire de la bougie qui s'éteint ?

Où va-t-elle ?

Elle se change en cauchemar nocturne.

Un cauchemar pareil à un fin brouillard qui pénètre dans les oreilles.

Le candélabre à trois branches et ses bougies est mon nouvel arbre généalogique. Une sorte de mère, de père, de frère de cire que je promène sur mon corps pour me réchauffer avant de le poser au bord de mon lit, où la chaleur se répand autour de mes orteils. Quelque chose m'habite depuis que je suis revenu. Je sens quelqu'un d'autre, père, qui est apparu depuis que Felisberto m'a permis de rester ici ; un autre individu qui commence à naître dans un espace situé entre le cœur et le ventre. J'ai peut-être changé en me rapprochant de cette maison et en y revenant, ou même bien avant d'avoir décidé de le faire.

Ce qu'on appelle le sternum se gonfle et je sens l'autre s'installer.

Je reste allongé un long moment jusqu'à ce que la porte s'ouvre sans laisser pénétrer la moindre clarté. La nuit est tombée. À la lueur des bougies surgissent trois larges hanches qui grandissent de plus en plus comme des ombres chinoises, une par une, avant de disparaître à mesure qu'elles s'avancent et s'agenouillent devant le banc. Elles sentent l'oignon, le romarin, le persil et le curcuma. Cinq mains et une patte de poule dont le contact me glace, elles s'asseyent sur mes jambes, je sais qui c'est.

Elles sont venues me voir, père.

Elles touchent mon nombril et ma poitrine, exercent une pression sur mes côtes. Leurs mains cherchent des marques, des cicatrices. Je suis un enfant qu'on a perdu par négligence, un bébé qu'il faut palper pour savoir s'il est souffrant et si le mal est définitif. Si j'ai perdu une jambe, si j'ai la peau sur les os, si j'ai des blessures qui resteront à vie.

Je n'ouvre pas la bouche et retiens par instants ma respiration pour qu'elles me croient mort. Mais elles ont une façon de me toucher désarmante, troublante.

Mon nouvel être tombe comme une cape et je suis de nouveau orphelin, si démuni que je pourrais m'abandonner à ces hyènes si elles m'excitaient.

Je me redresse, m'adosse au mur derrière mon lit, qui est en réalité un banc, et elles retirent leurs mains, effrayées, toutes en même temps. Je me penche, m'agenouille pour prendre le candélabre et éclaire leurs visages lentement, dans un simulacre de sombre cérémonie. Mara et Noah ont défait leurs cheveux et ce voile noir très brillant leur colle aux tempes, aux joues, au cou et suit les courbes de leurs seins qui débordent de leurs uniformes au plastron amidonné dont elles ont ouvert les deux boutons du haut. Leurs chevelures tombent, tombent jusqu'au sol où elles pourraient se changer en un tas de serpents noirs et menaçants.

Elles ont de grands cernes, tristes cavités, et un visage hâve, exsangue, osseux, où ressortent plus que jamais leurs lèvres charnues et palpitantes, à croire que tout leur sang y est concentré. J'approche le candélabre de Sarai et observe sa figure. Je l'inspecte.

Elle a la beauté de la fleur d'une plante carnivore, la dionée attrape-mouche, par exemple, avec ses minuscules extensions semblables à des doigts de fée, une beauté qui touche à la monstruosité et est conçue pour t'attirer vers elle, belle comme les points rouges d'un grillon du désert.

Encore plus belle.

Je pose le candélabre sur la table, à côté de moi. Noah et Mara laissent à présent leurs têtes s'affaisser sur mes jambes, leurs cheveux me caressent : les serpents noirs. Jamais je ne les ai vues aussi silencieuses, elles qui sont d'ordinaire de vraies pipelettes. Il y en a toujours une pour ouvrir la bouche quand ce ne sont pas les deux à la fois. Maintenant j'entends leur respiration, celle, agitée et tiède, des enfants qui s'endorment.

Une goutte de cire tombe sur la base en métal du candélabre, les genoux osseux craquent sur le sol dès qu'elles bougent et le souffle des chevaux demeure, comme le fait probablement le bruit de la mer.

Sarai s'avance vers mon visage, animée d'une expression en apparence effrayée, mais qui ne l'est pas le moins du monde, comme si elle craignait que je l'agresse. Elle est si près de moi que ses yeux rapprochés la font ressembler à un cyclope, un cyclope d'eau douce dont les deux yeux fusionnent depuis des milliers d'années.

Les cyclopes de la mythologie étaient gigantesques et avaient un tempérament démoniaque véritablement unique, disait le professeur Erlano, qui aimait Polyphème malgré ses dents de sabre, sa barbe abondante et ses oreilles pointues. Peut-être l'aimait-il du reste pour cela. Il le décrivait avec une telle exactitude que je pouvais apprécier sa laideur, aussi sublime que dans son imagination. Les cyclopes de la mythologie ont donné leur nom à ceux qui vivent à la surface des cours d'eau et sont des arthropodes, comme mes sésies frelons, mes guêpes et mes sialis. Mais les cyclopes vivent dans l'eau, ils n'ont pas d'autre habitat. Ils ne possèdent pas de branchies ni – je le sais – de cœur. Quand un danger les guette, ils s'enveloppent d'œufs résistants comme des pierres et peuvent ainsi vivre dans des eaux très polluées, vertes et sales, remplies d'immondices.

Ils sont persévérants à en devenir insolents.

Je souffle sur chaque bougie du candélabre et repousse brusquement la tête des deux femmes qui commencent elles aussi à avoir les oreilles en pointe et un seul œil. Ce sont des cyclopes, toutes trois ont des serpents à la place des cheveux et si je les laisse faire elles planteront leurs crocs dans ma peau.

J'aimerais crier, père, m'époumoner, pousser des hurlements rauques et puissants qui sortiraient de mon larynx sec et sale, laisser s'échapper tous les cris retenus, conservés violemment. J'aimerais en ce moment secouer ma tête comme un fou sans cesser de crier. J'ai des cris dans le sternum, mais je ne les contrôle pas, c'est l'autre qui est en moi qui presse sur mes poumons pour que je hurle, grogne, beugle comme ont beuglé les vaches sans savoir pourquoi elles le faisaient, ni quand elles allaient s'arrêter.

Je repousse leurs têtes de cyclopes et me retourne, me pelotonne pour ne plus les voir.

Tendu, serré comme dans un cocon, je grogne. Tout est sombre, père. Les cyclopes sont partis. Seul demeure le souffle des chevaux qui me fait mal.

Je sors, déambule dans le jardin jusqu'à ce que je découvre une parcelle de terre où creuser un trou, un berceau. Je m'y roule, me frotte contre la terre et en tire du plaisir. La terre apaise mon corps muet, mon cœur se multiplie. Les lombrics ont dix cœurs. Et ils rampent. Je me frotte jusqu'à avoir les coudes et les genoux en sang, jusqu'à égratigner cette peau qui n'est pas la mienne. Je mange des racines et de l'herbe sèche, j'en avale autant que possible, à en avoir la nausée. Les racines me nourrissent pour m'expulser ensuite : naître est ainsi. Je veux liquéfier mes viscères, oublier mon langage, brouiller les mots et sortir de ce corps.

Ci-gît un prince en son royaume profané.

DIEU S'EN MÊLE

C'était toujours pareil. Les jours où Noah astiquait les meubles, Esther balayait et passait la serpillière. Et moi je me cachais derrière les rideaux en lin blanc pour observer le monde à travers un filtre qui faisait ressembler les grains de poussière à des particules de lumière. Je disais : « Je vois Dieu, je vois Dieu en ce moment. » Esther me criait dessus et me demandait d'arrêter de faire le clown parce que j'allais abîmer le tissu avec mes sales petites mains. Elle voulait que je me taise, mais je savais qu'en vérité ce qui la dérangeait, c'était que j'invoque Dieu, que je prononce Son nom pour rien. Pourtant Dieu se mêlait toujours de mes affaires, père.

C'est Son représentant sur terre, le père Hetz, qui avait ordonné que ma mère soit confinée à l'arrière de la maison. Dans cette partie, tous les murs avaient été enduits de pisé et les fenêtres condamnées. Felisberto et Eloy s'étaient ensuite chargés d'ouvrir une des pièces. Pendant trois longues journées, ils avaient retiré des briques et transporté des meubles afin de préparer une chambre avec un lit et une table de chevet, rien de plus, destinée à ma mère. « Elle a besoin d'un lieu au calme. Le monde que Dieu a créé pour nous n'est pas fait pour être remis en question ou attiser la curiosité, mais pour être contemplé », vous avait expliqué le père Hetz pendant que vous buviez une tasse de *naranjillado* fumant avec une bonne dose d'eau-de-vie.

Quand vous avez eu fini de tout installer et que j'ai vu la pièce où vous comptiez loger ma mère, j'ai pris conscience que ce que vous tous, le père Hetz, Esther et vous-même, père, entendiez par « calme » était une désolation sans nom. Pour la première fois, j'ai compris pourquoi les images de saints et de saintes agenouillés pour prier au pied du lit m'affligeaient au plus haut point alors qu'elles étaient censées procurer de la joie.

Le calme de Dieu était une maudite pièce vide.

Déjà grande au départ, notre maison est soudain devenue aussi vaste qu'une immense abbaye ou caserne aux espaces gigantesques divisés par l'autel, les nefs et les tours. Les endroits où nous n'avions pas l'habitude d'aller ont commencé d'exister avec leurs odeurs, leurs bruits, leurs apparitions. Avez-vous un souvenir précis de la maison, père ? Alors écoutez bien car elle n'existe plus. Jusqu'à ce jour, on pouvait dire qu'il s'agissait d'une grande demeure, bien que je l'aie toujours considérée comme un château. Quand on entrait par la porte principale, le salon de lecture se trouvait légèrement sur la droite ainsi que la salle à manger et la cuisine ; votre bureau – la tour obscure – était sur la gauche.

Derrière s'étendait la cour centrale, avec ses dalles couvertes de pots en terre d'où s'élevaient des plantes grasses de toutes les formes. De grandes colonnes en bois de chêne l'encadraient et les chambres étaient distribuées derrière : la mienne, le dortoir de mes nourrices et les deux pièces que vous aviez attribuées à Felisberto et Eloy. À côté de ma chambre, un escalier permettait de monter à l'étage, qui comprenait le salon où l'on jouait aux cartes, la chambre que vous aviez jusqu'alors partagée avec ma mère et qui se composait en vérité de deux espaces séparés par la grande salle de bains où elle faisait sa toilette le matin, vous le soir ; la petite salle de séjour avec les fauteuils, la radio et les livres ; la pièce où l'on repassait le linge et où vous autorisiez Esther, Noah et Mara – car Sarai ne repassait jamais – à faire la sieste et à écouter de la musique sur un vieux gramophone.

Notre demeure était-elle ainsi, père, ou me suis-je trompé dans certains détails ? Quoi qu'il en soit, c'est ainsi que je la conserve dans mon souvenir.

Dans le patio, une porte en fer s'ouvrait sur un petit couloir que presque personne n'empruntait. Je me le représentais sous la forme d'un cachot. Il permettait d'accéder à une autre partie de la maison dont un des murs était mitoyen avec les étables. Autrefois, les « tantes » habitaient là, mais toute une famille aurait pu y loger.

Les tantes n'avaient apparemment pas de noms, elles étaient simplement les « tantes ». Vous ne vouliez jamais parler d'elles, contrairement à Esther, qui avait dévoilé leur existence à Mara, qui l'avait raconté à Noah, qui me l'avait raconté un soir (et Sarai s'était fâchée) : jadis, la rumeur s'était répandue selon laquelle les « tantes » s'échappaient la nuit au village pour aller danser avec les séminaristes.

Horrifié par les bruits qui couraient, l'arrière-grand-père avait fait construire ces appartements, presque une maison entière, uniquement pour elles. Mais avec ses larges murs, cette demeure n'offrait aucune porte de sortie, et pour prendre l'air elles devaient emprunter le couloir clôturé par la porte en fer cadenassée et barrée dont il était le seul à posséder la clé. Cet espace permettait de voir les collines par des ouvertures aussi minuscules que des trous de souris. Ce panorama avait sans doute été synonyme d'enfer pour les « tantes ». Je n'ai jamais su si elles étaient restées longtemps cloîtrées là, jamais été informé de leurs prénoms et, maintenant que j'y pense, j'ignorais même combien elles étaient, mais alors que vous vous apprêtiez à installer ma mère dans cet endroit, père, je les imaginais encore enfermées dans leurs chambres, suppliant qu'on les délivre.

C'est dans une pièce de cette partie de la maison aux portes et aux fenêtres condamnées que ma mère a passé toutes ses nuits parce que Dieu et vous-même en aviez décidé ainsi.

Quand Felisberto et Eloy ont terminé de tout installer, Mara et Noah ont fait le ménage. Esther s'est chargée de disposer sur la table de chevet une Bible et un cierge, et Sarai est venue égayer la pièce d'un vase rempli de giroflées. Vous n'entriez que très rarement dans cette cellule, père. Vous aviez un peu supervisé les travaux mais repartiez aussitôt, à croire que ce lieu produisait un effet étrange sur vous.

Pendant ces trois jours, je m'étais persuadé que le transfert n'aurait pas lieu. Pour une raison ou pour une autre, je pensais que vous finiriez par recouvrer la raison et laisseriez ma mère là où elle était. Mais le matin où Sarai a cueilli le bouquet de giroflées, j'ai compris que vous alliez exécuter votre plan et me suis précipité dans votre bureau.

« Vous ne mettrez pas ma mère dans cette pièce !

— Tu n'es qu'un enfant, tu ne sais rien.

— Vous…

— Baisse le ton.

— Vous êtes aveugle.

— Fiche le camp, Lucas !

— Aveugle et fou.

— Du balai ! Sale gosse mal élevé !

— Je ne partirai que lorsque vous m'aurez dit que ma mère n'ira pas dans cette chambre. »

J'ai répété cette phrase les yeux fermés, les mains plaquées sur les oreilles. Plusieurs fois, des milliers de fois. Je l'ai dit et crié en tapant du pied. Je criais toujours quand j'ai flanqué ce qu'il y avait sur son bureau par terre, un encrier et un porte-plume dont il ne se servait pas, d'innombrables papiers, deux cendriers, un verre rempli d'eau-de-vie, d'autres papiers, des livres de comptes, des clés et encore des papiers. Vous, père, qui n'aviez jamais levé la main sur moi, vous êtes rapproché et l'avez tendue et immobilisée à deux doigts de mon visage, mais vous vous êtes ravisé et avez appelé Eloy, qui est arrivé de sa démarche lente sur ses grands pieds crasseux et m'a porté comme un sac d'ordures avant de me jeter violemment sur un des fauteuils du salon. Il ne m'a pas giflé, ne m'a pas crié dessus, ni même regardé. Il a porté une main à son nez et s'est mouché très fort en régurgitant.

Un liquide visqueux a dégouliné dans sa paume, il s'est essuyé à côté de moi, puis volatilisé.

J'ai couru me cacher derrière les rideaux, où je suis resté un long moment, mes mains enserrant mes genoux, jusqu'à ce que j'entende des pas. Noah, Mara et Esther avançaient en procession et portaient des draps et des couvertures. Derrière elles venait ma mère, soutenue par Felisberto et Eloy.

Elle traînait les pieds, comme endormie, ne portait qu'un jupon, ses omoplates courbes et saillantes dénudées.

Sa peau couleur de jute semblait transparente, et moi, derrière les rideaux, j'assistais à la scène au travers des particules de poussière qui flottaient dans une lumière trouble.

Et je n'ai rien fait pour les stopper, père. Au fond de moi, je pensais : « Je vois Dieu, en ce moment je vois Dieu. »

REINE DES ARTHROPODES

J'entends les chevaux s'ébrouer de plus en plus fort. Les volets, auparavant fermés, viennent de s'ouvrir en grand. Ils sont là, les naseaux vers le bas, la tête passée dans l'ouverture. De la porte de ma chambre je jette des pierres sur leurs têtes, mais ils continuent de souffler jusqu'à ce qu'ils voient Felisberto et Eloy sortir de la maison. Cela fait deux jeudis de suite qu'ils quittent les lieux à l'aube. Ils prennent des fruits de la récolte, quelques bêtes, et disparaissent dans la brume.

Avant de partir, Felisberto vient me trouver. Il ouvre la porte, donne un coup de pied dans la pile de selles et m'ordonne de labourer la terre avant leur retour. Je soulève la vieille couverture et sors du lit sans prendre la peine de m'habiller. Il me regarde et, avant de tourner les talons, tousse et crache ses glaires sur ma paillasse.

« Nettoie-moi cette porcherie. »

J'acquiesce et me tourne pour prendre le balai. J'ai les fesses froides, le corps tremblant.

J'ai toujours été trop faible, père. En tout. Un soir, vous m'aviez emmené voir les porcelets qui venaient de naître. Vous aviez soulevé le plus petit qui, les pattes torses, se traînait comme un aveugle parmi ses congénères. Il n'arrivait même pas à téter, les autres le repoussaient facilement et le meurtrissaient. Vous l'aviez pris encore humide et fourré dans un sac en toile de jute que vous aviez fermé avec une corde et mis de côté. Ça m'avait soulevé le cœur.

Même mort, père, vous êtes encore capable de me soulever le cœur. Avant d'agir, je me demande toujours ce que vous diriez et feriez à ma place. Des niaiseries, des idioties. Rien n'est plus inutile que les craintes auxquelles on s'accoutume. Vous n'aimiez pas les faibles. Avec ma mère vous vous êtes comporté comme avec ce cochonnet, vous l'avez chassée de votre vue pour ne pas avoir à vous rappeler votre conduite à son égard. Au fond, votre attitude était celle d'un lâche, père, d'une grande gueule qui ne comprend pas ses propres agissements, imitant en cela les enfants qui, armés de lance-pierres, tuent des oiseaux ou d'autres petits animaux et partent en courant, les abandonnant par terre parce qu'ils refusent d'être confrontés à leurs actes. Vous n'étiez même pas un vrai méchant, mais un type quelconque devenu important grâce à la piètre autorité que vous exerciez sur ma mère et sur moi, et dès que ces grandes perches avec un peu plus de poils que vous sur la poitrine sont arrivées, tout s'est effondré.

Ce fameux soir j'aurais voulu récupérer le petit cochon, le serrer contre ma poitrine jusqu'à ce qu'il pousse son dernier soupir, j'aurais peut-être pleuré en le gardant dans mes bras. Je l'aurais enterré. Aujourd'hui ce serait différent : je lui donnerais sans tarder le coup de grâce.

Felisberto et Eloy s'éloignent au galop, absorbés par la brume. Je me dirige vers nos terres, pétrifié de froid. Je pisse près de l'orme solitaire, la main en appui contre son vieux tronc pelé. Dans le brouillard je constate que ses branches sont couvertes de moineaux, certains déplumés, d'autres avec une seule patte. Par moments ils semblent parfaitement immobiles, puis je les vois fermer les yeux, pencher le cou par petites secousses, comme si c'était là leur manière de communiquer au moyen d'une sorte de code qui m'échappe. Quand je retire ma main, ils s'égaillent en volant et se posent en hauteur quelques mètres plus loin.

Depuis le champ je vois le soleil se lever derrière notre maison qui, frappée par ses rayons, ressemble à une crèche. La houe creuse un sillon dans le sol mais le vent efface sa trace. La terre est vieille, père, elle ne retient plus la chaleur. La récolte est mauvaise, les fruitiers pourrissent alors qu'ils sont encore verts. Les feuilles du maïs poussent toutes trouées, jaunes et difformes. La terre promise ne donne plus de fruits. Seule la viande peut nous sauver. Pourtant je la redoute.

Quand je travaillais la terre chez Monsieur Elmur, il me demandait de lui raconter des histoires pendant qu'il s'enivrait. J'inventais, déformais des souvenirs dans lesquels je me perdais ou lui relatais les épisodes historiques que le professeur Erlano m'avait enseignés.

Un jour, je lui ai retracé la bataille de Waterloo, mais inexplicablement j'ai fini par défendre Napoléon et décréter qu'il avait remporté ce combat. Monsieur Elmur ne se rendait compte de rien, il n'avait cure de mes histoires, seule la voix du conteur, en l'occurrence la mienne, l'intéressait. Il m'écoutait sans me regarder, à croire qu'il était transporté dans un autre lieu. Il avait besoin de la sonorité des mots pour se tourner vers des pensées qui m'échappaient, donnait l'impression d'utiliser mes propos pour élaborer un récit différent et sordide.

Mes histoires et l'eau-de-vie lui faisaient oublier le froid et, à la fin de la journée, quand je l'aidais à rentrer, il s'appuyait sur mon épaule en y propageant la chaleur de ses aisselles, la tête rougeaude, suant comme s'il avait de la fièvre. Puis il vomissait partout et je nettoyais avant qu'il s'endorme.

La terre est-elle très froide à présent, père ?

Laissez-moi vous raconter une histoire, à vous aussi.

Agenouillé au pied de son lit à barreaux, un petit garçon imitait le chant d'une cigale. Une femme était étendue dans le lit. Était-elle belle ? En tout cas sa beauté n'était pas du genre à ensorceler l'enfant. Elle avait les seins plats et les côtes d'un agneau efflanqué, la peau glacée et humide. Quelle matière similaire avait donc déjà touché le garçon ?

Les racines pourries d'une plante déterrée.

La femme ne cessait de demander au petit : « Qui es-tu ? Et qui t'a accordé le don de chanter comme la cigale ?» «Je suis ton fils», répondait l'enfant. Alors elle observait de longues minutes de silence que le garçon percevait comme des révolutions entières du Soleil, puis déclarait qu'elle n'avait jamais eu de fils. Mais parfois elle disait avoir rêvé d'un fils qui était en partie un enfant et en partie un scarabée, et luttait contre les humains grâce à sa corne imposante.

La femme parlait constamment du fils de son rêve et disait : «Sur ses pattes d'enfant, il courait vers moi et j'essuyais le sang sur sa corne avec des morceaux de calicot que nous brûlions ensuite au milieu du jardin en hommage à nos dieux, qui ont des pattes, des ailes et parfois des cheveux ou des griffes.»

«C'est moi, ton fils, mère», lui ressassait l'enfant à chaque visite, en murmurant tout en criant tandis qu'elle s'arrachait les cheveux, un fin duvet. Elle se les arrachait et les laissait partir dans le vent. La peau de son crâne était à vif par endroits, des poux vagabonds s'y promenaient. «Regarde les libellules, disait-elle en tirant sur ses cheveux. Elles volent loin.» L'enfant les attrapait et essayait de les lui plaquer sur la tête, mais ils ne lui appartenaient plus et s'envolaient, changés en libellules. Ailés.

La femme était retenue prisonnière dans un lieu sans giroflées ni chrysanthèmes. L'enfant regardait d'un œil méfiant les dames blanches, des princesses de glace qui prenaient soin d'elle, avec des linges autour de la tête, couvrant leurs crânes chauves, orphelins de poux parce que leurs cheveux s'étaient également transformés en libellules. La femme n'aimait pas cet endroit, le garçon le savait, il aurait fait n'importe quoi pour elle, qui rabâchait : « Qui es-tu, mon cœur ? Ce ne sont pas eux qui t'envoient n'est-ce pas ? » Je suis ton fils, maman, répétait-il, et elle lui rétorquait qu'elle n'avait jamais eu de fils, qu'elle avait eu des ormes et un jardin semblable à celui de son père, de sa mère, de son grand-père et de sa grand-mère. Mais pas de fils. Non, non, non.

Un jour, l'enfant lui a serré fortement la main en disant : « Mère, je suis ton fils, regarde-moi, mère, j'ai tes yeux et tes mains, tes fines phalanges et tes phalangines, reliées par un os plus large. » Elle a fermé les yeux et lui a touché le visage avec ses mains humides. « Tu es l'enfant qui chante comme les cigales. Allez, raconte-moi. Qui t'a appris à faire cela ? »

« Je suis le comte des cigales, ce sont elles qui me l'ont appris », a soufflé le garçon en cachant dans ses mains les jeunes pousses qu'il avait apportées. Puis il s'est mis à chanter comme les cigales et lui a tendu les jeunes pousses. Elle les lui a prises des mains avec impatience et s'en est rempli la bouche en secouant la tête au rythme du chant.

Elle a éclaté de rire, incapable de s'arrêter, les yeux vagues. Elle riait encore après avoir cessé de respirer. « Et moi, je suis la reine des arthropodes », a-t-elle dit.

L'HEURE DU ROSAIRE

Un jour, l'heure du rosaire a été instaurée dans la maison. Toutes les dévotes prévenantes et laides qu'il y avait au village sont venues, vêtues de jupes longues jusqu'aux pieds, de corsages et de foulards noués autour du cou aux couleurs ocre et argileuses. Leurs maris étaient pendus à leurs bras, des avocats trapus que j'avais vus travailler au village dans de minuscules cabinets, entourés de papiers jaunis, la cigarette au bec. Ils soulevaient la poussière du chemin entre les collines et donnaient l'impression de chevaucher un nuage. Les Moratti étaient également de la partie ainsi que le père Hetz et les Luppi, deux frères qui avaient fait fortune on ne sait comment, toujours vêtus de chemises aux tons pastel avec de grosses auréoles sous les aisselles.

Vous, père, aviez disposé des bancs devant un tableau du Sacré-Cœur de Jésus. Quand ils se sont assis, le Christ semblait poser sur eux un regard des plus tendres avec ses cheveux bouclés et sa barbe bien taillée, en leur montrant son cœur sanglant entouré d'épines.

Nous avons égrené le rosaire et prié les mystères douloureux car c'était un mardi, puis nous avons chanté des litanies qui parlaient de Marie comme d'une femme très pure, très chaste, aimable et admirable. Mais tout cela était absurde dans une contrée où aucun homme n'avait la barbe et les cheveux blonds de Jésus, et où les femmes n'étaient ni pures, ni aimables, ni admirables.

Je ne vous avais jamais vu aussi souriant, père, plein de suffisance. Felisberto et Eloy se sont installés à vos côtés. Ils faisaient une tête de plus que vous et entre eux deux, avec votre toupet et votre cravate bien serrée, vous aviez l'air d'un pantin de ventriloque.

À la fin des prières, Esther s'est agenouillée et signée devant l'image, puis Noah et elle sont allées à la cuisine chercher du bouillon de poule et de l'eau-de-vie qu'elles ont servis sur des plateaux en argent. Les invités ont bu à petites lampées et il y a eu un peu d'animation lorsque Eloy s'est levé pour se mettre au piano et jouer des mélodies aux notes très aiguës qui auraient pu attrister les convives, mais les ont tous mis en joie. Ils appréciaient les mystères douloureux, surtout l'agonie de Jésus dans le jardin de Gethsémani et la flagellation de ce si beau Christ. Tels des soldats bien rangés, les femmes se sont assises sur les canapés pour déguster leurs sandwichs, serrées l'une contre l'autre dans leurs jupes sages, le dos droit. Elles bavardaient sans se regarder, à voix basse, et je ne comprenais guère leur conversation à propos de brocarts, de meringues et de sauce béchamel. Groupés dans les angles du salon, les hommes parlaient du temps pluvieux de cet hiver, qui permettrait aux épis de maïs de grossir et serait profitable aux navets.

Et dire que tout cela, tout ce remue-ménage, avait été organisé afin de prier pour ma mère, qui n'était pas sortie de sa chambre. Elle était devenue quelqu'un à sauver. Vous, père, n'alliez même pas la voir, vous vous contentiez de cadenasser sa porte le soir et à l'heure du déjeuner, vous disiez qu'un chat est un chat et qu'il faut appeler les choses par leur nom, que les desseins de Dieu sont parfaits et que l'ordre et la discipline élèvent l'âme. Mais vous ne lui rendiez jamais visite et voilà que vous rameutiez tout le village pour la sauver de je ne sais quoi.

Ma mère était enfermée depuis des jours dans cette cellule, la peau couverte de sueur et très fine, prenant un remède qui la vidait de ses forces. Si maigre qu'on ne voyait que ses veines et ses tendons de plus en plus proéminents, superposés, dessinant sous sa peau une résille qui menaçait de saillir.

Ses cheveux châtains et si fins s'étalaient sur l'oreiller, comme s'ils cherchaient à s'agripper aux draps, à s'y dissimuler.

Le jour du rosaire, je suis resté assis sur un tabouret dans mon pantalon trois-quarts en cachemire et une chemise blanche grotesque que vous m'aviez obligé à endosser. Quand Noah et Mara m'ont appelé de la cuisine pour que je prenne mon goûter et aille me coucher, j'ai obéi sans opposer de résistance, mais, profitant de la distraction générale, je me suis emparé des clés encore accrochées au pantalon que vous aviez mis dans la matinée et me suis rendu dans la chambre de ma mère pour la regarder dormir.

Elle respirait, le souffle agité comme celui d'un lapereau, la bouche ouverte. La pièce était plongée dans le noir, et lorsque je me suis assis dans un coin pour l'écouter respirer, elle s'est réveillée.

« Apporte une bougie et allume les lampes, Lucas », a-t-elle murmuré.

Sans rien dire, je suis sorti et ai gagné prudemment la cour, où j'ai volé une bougie. Quand je suis revenu sur mes pas, mon ombre me précédait dans le couloir obscur.

J'ai allumé les lumières une à une, et ce n'est qu'alors que j'ai vu les dessins qui couvraient les murs et me faisaient songer aux grottes dont m'avait un jour parlé le professeur Erlano pendant ses cours. Je ne me rappelais plus où elles se situaient, mais elles contenaient des dessins semblables à ceux de la cellule de ma mère. Les traits étaient rougeâtres et représentaient des arbres, de gros troncs, des roses, des célosies et des alysses. Dans la partie supérieure figuraient une bête semblable à un rhinocéros ou à un scarabée et un insecte qui pouvait être une araignée aux pattes si longues qu'elles arrivaient jusqu'au sol et englobaient tout le reste. Les lignes ténues entouraient des trèfles, et d'autres, plus épaisses, composaient une pelouse d'un rouge intense.

L'herbe, les animaux, les plantes et les fleurs de ma mère étaient bienveillants. J'imaginais Dieu désherbant Son jardin céleste, coiffé d'un chapeau à large bord calé sur Sa grande tête ronde et invisible, jalousant la création de ma mère, maniant la houe avec de plus en plus de violence, au point de tout détruire, comme avant la Genèse.

Je me suis approché d'elle en désirant qu'elle soit toute petite afin de pouvoir la glisser dans ma poche et la cacher dans ma chambre, la contempler des heures durant, au lieu de quoi je lui ai pris les mains, j'ai vu la pulpe de ses doigts gonflée dont je parvenais presque à sentir les pulsations, couvertes de petites taches pareilles à de minuscules lacs rouges. Maman ne parlait pas, elle s'était détachée des mots depuis des jours, y avait renoncé comme on renonce aux gants à la belle saison. Mais elle s'est laissé caresser les doigts et a refermé les yeux.

Je me suis précipité dehors pour chercher de l'eau. J'ai lavé chacun de ses doigts que j'ai ensuite séchés avec ma chemise, et je me suis installé à ses côtés, tout près, adossé au mur. J'ai caressé ses cheveux très fins et épongé son front moite en chantant :

Mi madre es una rosa, de pétalos ajados
que guarda su perfume
muy junto al corazón.
Viviendo nuestra angustia
no sé lo que ha llorado
*por eso al mencionarla…**

* Ma mère est une rose aux pétales fripés / qui garde son parfum / à hauteur de son cœur. / J'ignore les larmes qu'elle a versées / en vivant notre angoisse. / C'est pourquoi en parlant d'elle… Chanson de Julio Jaramillo. (*N.d.l.T.*)

Elle s'est endormie et, à genoux, j'ai passé ma chemise sur les dessins pour que nul ne les voie, mais les traces rouges ont persisté, comme si un enfant avait joué avec des aquarelles.

Je suis reparti dans le couloir obscur, la bougie dans mes mains tremblantes, et les ombres que je renvoyais étaient comme les images tressaillantes d'un cinématographe défectueux. Le bruit de mes pas s'estompait à mesure que j'avançais, couvert par le son du piano d'où s'élevaient de longues notes soyeuses. Par la fenêtre de la salle à manger, j'ai constaté que les femmes étaient parties. Seuls demeuraient deux des avocats trapus aux visages bouffis et rouges, qui buvaient de l'alcool à grandes lampées et trinquaient par instants tout en dansant avec Noah et Mara. Leurs poitrines se plaquaient contre leurs chemises trempées de sueur tandis que les mains de ces individus enserraient la taille de leurs uniformes au plastron toujours rigide. Assis sur une chaise, vous aviez dénoué votre cravate et votre toupet tombait, décomposé, mais vous souriiez comme un pantin, avec les mêmes yeux que le Jésus blond qui, dans la pénombre, ne laissait voir que son cœur ensanglanté.

De la cuisine montaient des bruits de casseroles. En allant y jeter un œil, j'ai découvert Esther qui nettoyait tout à grands jets d'eau sonores en récitant son infinie litanie. « Va-t'en. Va te coucher. Tu es imprudent », m'a-t-elle dit.

J'avais le sentiment d'être un étranger qui déambulait dans cette maison et que personne ne voulait voir, père. En partant, j'ai aperçu Sarai qui courait, les espadrilles ouvertes, ses talons écrasant la boucle. Elle sortait de la chambre de Felisberto et se dirigeait vers la cuisine, ses cheveux défaits oscillant dans son dos. À cet instant j'ai laissé échapper la bougie qui s'est brisée en gros morceaux triangulaires et d'autres, plus petits et plats.

J'ai pensé qu'il serait impossible de recoller cette fichue bougie. Sarai s'est retournée et m'a regardé.

« Va te coucher, tu ne devrais pas être debout à cette heure », s'est-elle contentée de dire.

L'ARAIGNÉE

J'adore Mademoiselle Nancy. Je l'ai rencontrée en traînant près des buissons désordonnés, dans la vieille terre. Elle scrutait un trou en forme de volcan d'où sortaient des fourmis, cachée derrière un tronc de trompettes-des-anges, ses pattes de velours déployées. Quel plaisir de la voir ! Dans la nuit d'encre, elle était le noir le plus chaste.

Quand je l'ai vue, j'ai tendu vers elle ma main couverte de terre, mais elle n'est pas venue. Pendant des jours, je suis allé la chercher au même endroit. Je la regardais à la dérobée, sans parler car les araignées ne s'embarrassent pas de mots. J'ai renouvelé l'opération jusqu'à ce qu'elle s'approche, timide au début, puis elle s'est plantée entre mes pieds. Elle agitait ses pattes avant comme si elle voulait monter, mais elle hésitait, les araignées n'étant pas envahissantes, contrairement aux abeilles ou aux guêpes, qui vous tournent sans cesse autour.

Déjà adultes et vêtues avec élégance dès la naissance, les araignées ont des pattes majestueuses et leur corps ovulaire fait songer à un joli cul dissimulé derrière une mousseline.

De la main j'ai imité ses mouvements, mais avec maladresse. Lentement, mes phalanges, phalangines et phalangettes se sont avancées dans sa direction, puis retournées et, lui offrant ma paume, je l'ai invitée à y prendre place. Elle n'a pas mis longtemps, elle n'est pas orgueilleuse. Elle est montée le long de mes doigts en me caressant de ses huit pattes veloutées. Je me suis étendu sans hâte et elle s'est posée sur mon torse dénudé. J'ai tout à coup senti une piqûre douloureuse. Ce qui n'est pas mauvais signe, père. Les meilleures choses font mal au cœur.

Je l'ai emmenée dans mon château parce que j'ai décidé que cet endroit en était un, pas un château de rois mais celui d'un prince caché au milieu des herbes.

Je l'ai laissée près d'une jardinière et elle n'est pas partie, père. Quand je rentre du labour, elle m'attend près de la porte. Je lui apporte des mouches mortes et elle se gave, ravie. Une fois j'en ai mangé quelques-unes moi aussi. J'avoue que c'est un aliment extravagant dont je suis incapable d'identifier la saveur, mais leur texture ressemble à celle des mies de pain grillé. Cependant elle préfère les souris. Je les lui fournis vivantes et j'attends qu'elle fonde sur l'une d'elles pour la paralyser. Quand elle a mangé tout ce qu'elles contiennent, elle les empile dans un coin et revient sur mon torse dénudé, où elle aime se reposer. Elle s'étire et se plaque contre mes côtes au point qu'on la croirait sortie de mon sternum.

Le matin je nourris les chevaux et les porcs. L'après-midi je laboure, ratisse l'herbe que je mets en tas, coupe du maïs et cueille des oignons. Je laisse le tout devant la porte, comme une offrande, et reçois en échange un potage aigrelet que Sarai me dépose au petit matin dans l'écurie et que je ne consomme pas, car j'ai du bon sens et ne m'alimente que de ce que je peux me procurer par mes propres moyens : de l'eau, des baies, un peu de fruits me suffisent.

Les jours impairs de la semaine, je dois nettoyer le réservoir d'eau et, pour le moment, je suis aussi docile et obéissant que les animaux de cirque, des bêtes qui planifient de grandes catastrophes, raison pour laquelle on les isole dans des cellules. Si on les rassemblait, elles nous tueraient tous parce que nous sommes des pécheurs.

À l'aube, j'escalade les barreaux métalliques et, avant de vider la citerne, j'y glisse en premier les pieds, la partie la plus chaude de mon corps, que l'eau apaise. Je descends peu à peu jusqu'à être entièrement immergé, retiens ma respiration, les joues gonflées, et mon corps commence à remonter. Qu'y a-t-il de plus beau que flotter ? Si Felisberto et Eloy me tuent, père, j'aimerais qu'ils laissent mon corps dans l'eau jusqu'à ce qu'il se fripe comme si j'avais vieilli, mais à une vitesse inimaginable.

Je sors de l'eau ragaillardi, brosse autant que faire se peut les parois de la citerne jusqu'à ce que j'aie mal aux bras. Quand j'ai fini, j'emprisonne dans ma main un butin de trois mouches, une guêpe et un ver trouvés au bord du réservoir. Ils sont morts par noyade mais leur anatomie est intacte. Je descends prudemment à une main, l'autre contenant mes cadeaux pour Mademoiselle Nancy.

Si Midas avait envahi notre maison, il aurait découvert des murs dorés à la feuille, mais Felisberto et Eloy l'ont touchée de leurs mains sales. Ici tout est désormais putréfié, pourtant la citerne doit toujours rester propre grâce à l'intervention du prince, Felisberto s'étant accoutumé à prendre des bains. Recroquevillé dans la baignoire, il boit tous les soirs de l'eau-de-vie et ne se savonne ni les parties ni les pieds. Il baigne son corps dans l'eau et sa gorge dans l'alcool. Il ne se lave pas et salit l'eau. Je l'ai vu plusieurs soirs de suite, la tête et les pieds hors de la baignoire, pendant qu'Eloy joue au piano des mélodies frénétiques comme celles qui vous plaisaient tant. Les clapotis et la musique se mêlent et plongent Felisberto dans une extase horripilante. J'épie de mieux en mieux, père, et sincèrement j'en suis fier. Je m'évade de ma propre présence, de sorte que les autres cessent de la percevoir. Je me suis vidé de mon être.

Je n'ai pas le droit de pénétrer dans la maison et ne le fais que pour recevoir des ordres et parfois des gifles, au motif que « le maïs est mou et puant ! ». Sarai, Mara et Noah restent plantées là, sans rien dire, muettes, loyales et cruelles. Esther, au moins, aurait pris parti pour moi, ne serait-ce que pour le plaisir de se battre. Je n'ai pas pensé à elle depuis si longtemps qu'il me semble qu'elle n'a jamais existé. Mais le petit bout de chair malodorant que je suis doit supporter sans Esther ni personne les cris et les humiliations, et baisser la tête, père, en ne proférant de gros mots qu'en son for intérieur, jusqu'à ce que ses entrailles se gonflent de millions de « fils de pute », de « grand dadais plein de merde », de « sale petit gosse », de « buse », de « grosse andouille » ou de « cornichon ».

Mademoiselle Nancy est d'accord avec moi pour reconnaître que ce ne sont pas des façons de parler à un prince, et il m'arrive de la surprendre l'air méditatif, les pattes dépliées et les poils hérissés, à se demander comment elle pourrait entrer dans cette demeure et leur régler leur compte, car les araignées et les scorpions ont pour devoir de punir le mal. Après avoir mangé ce que je lui ai apporté, Mademoiselle Nancy vaque à ses occupations. Avec toute la délicatesse qu'elle met à tisser sa toile, elle m'enseigne à tracer des figures géométriques. Je l'observe et elle se délecte de ses connaissances logiques et mathématiques. Ma mère et le professeur Erlano l'auraient eux aussi adorée avec dévotion. Ils se seraient émus de la voir tendre sans relâche de parfaits rayons, l'un après l'autre, pour obtenir un tableau de triangles concentriques réunis ensuite par des circonférences de plus en plus petites. Une fois sa toile terminée, elle se poste au milieu et attend patiemment l'arrivée de sa proie. Tout vient à point, père. Et l'heure de ceux qu'on aime sous le ciel ou sur une toile finit par sonner.

Avant d'aller aux champs, j'inspecte la maison, rampe sur le sol et épie tout mon soûl. Noah et Mara font du ravaudage, calées dans le canapé, leurs têtes lugubres penchées sur d'énormes chaussettes qui ressemblent à des sacs marron et sont toujours sales, même après la lessive. Sans le vouloir, je me fais remarquer et elles se tournent pour me regarder. Je grogne et m'enfuis en courant, mais je constate que Felisberto me poursuit.

« Viens ici ! » hurle-t-il.

Je l'observe, il est torse nu et ses os noueux brillent dans les premières lueurs du soleil. Son squelette aurait sa place dans une des attractions de la fête foraine de Monsieur Lazlo, on ferait la queue pour le voir.

Je pivote et cours sans m'arrêter. Il a beau crier, je continue de courir sur la terre morte.

« Elmur va venir te rendre visite avant dimanche, espèce de sale gosse ! »

Quand je me retourne, il n'est plus là. Il ne reste que la maison, calme et sombre.

LE NEZ DU PROFESSEUR ERLANO

Le nez charnu du professeur Erlano m'indiquait ce qu'il était digne d'apprendre du monde. Un nez qui le précédait. Grand et volumineux. Il avait sur le côté de petits boutons couleur peau dont j'aurais juré qu'ils changeaient de place lorsque je fermais les yeux. Son nez possédait une qualité exceptionnelle : ses narines ne se dilataient jamais. Il restait immobile. À l'image d'un homoncule trapu, il transpirait quand le professeur était sous le coup d'une grande émotion. Même ses lunettes rectangulaires se couvraient alors de buée. Si une vérité l'ébranlait, ses pores bien visibles s'ouvraient et laissaient s'échapper de minuscules gouttes qui le rendaient luisant. Il pouvait par exemple parler de la merveilleuse laideur de Polyphème ou de Napoléon à cheval, ses pieds touchant à peine les étriers de sa monture en pleine bataille d'Austerlitz, ses récits se paraient dans mon esprit d'une splendeur exaltée. L'histoire du monde m'était transmise par ce nez droit, un organe qui paraissait avoir une identité et une volonté propres.

Tout le reste chez lui était on ne peut plus simple et ordinaire. C'était un homme mince au cheveu rare qui ne possédait qu'un seul costume, de couleur bleue. La veste donnait l'impression d'adhérer à sa chemise, et les jours de grande chaleur elle se froissait, seul changement détectable dans sa tenue.

La dernière fois que je l'ai vu, il portait son pantalon bleu fripé et je me rappelle qu'Esther lui a dit : « Oh, mon Dieu ! Si vous voulez, je vous le repasse. » En montant au salon, il essayait en vain de le lisser tandis qu'Esther, derrière lui, le regardait fixement et que je lui serrais l'avant-bras afin qu'elle se taise. Mais elle ne pouvait pas s'empêcher de parler, et à chaque marche elle soufflait : « Du calme, mon garçon, laisse mon bras tranquille. »

Les leçons se déroulaient dans le salon, à l'étage. Nous nous asseyions l'un en face de l'autre à une petite table sur laquelle le professeur ouvrait son cartable et en sortait des livres d'histoire, de mythologie, de mathématiques et de botanique, et il m'enseignait toutes les matières en même temps : les dieux de l'Olympe marchaient sur des trapèzes et bondissaient vers les branches les plus hautes des *Eucalyptus* L'Hér. qui poussaient dans les montagnes andines. Ma mère s'installait sur un canapé, derrière nous, et écoutait les cours avec attention, les jambes bien croisées, munie d'un carnet noir où elle notait des mots isolés : « polytope », « théodolite », « Héliogabale », « despotes ». Elle donnait ensuite ces noms à des arbres, des plantes, des trèfles.

À compter du moment où on a reclus ma mère dans la chambre à l'arrière de la maison, j'ai poursuivi seul mon apprentissage, et de temps en temps nous nous retournions – tantôt lui, tantôt moi – pour regarder les fauteuils et nous convaincre qu'elle n'était pas là. Quand il venait d'exposer un sujet, il baissait ses lunettes et me demandait à voix basse si ma mère allait mieux. Comme je ne savais pas quoi lui répondre, il remontait ses lunettes et restait un long moment songeur, plongé dans un état proche de la mélancolie. Le jour où il m'a dispensé sa dernière leçon, il m'a parlé de Napoléon et s'est fâché en imaginant le grand homme chevaucher, les talons hors des étriers. « Le petit caporal ! *Bâtard** ! » disait-il. Son nez brillait pendant qu'Austerlitz tombait aux mains des Français, et je me figurais un tout petit homme qui s'adressait en criant à ses soldats plus grands que lui avec la voix d'un présentateur de radio. Le professeur Erlano relatait les scènes de bataille et sa colère redoublait sans que je n'y comprenne rien, mais je faisais mine de brandir une épée pour rendre son récit plus poignant.

À cet instant vous nous avez rejoints dans le petit salon et, adossé dans l'embrasure de la porte, vous avez dit qu'en réalité Napoléon mesurait un mètre soixante-huit – cinq pieds, deux pouces et quatre lignes de la tête aux talons – et « qu'il était donc bien plus grand que le commun des mortels de l'époque, monsieur Erlano ». Le professeur s'est levé avec empressement et lui a tendu la main. Vous, père, qui étiez depuis des lustres très satisfait de votre personne, vous vous êtes

* En français dans le texte. (*N.d.l.T.*)

contenté de lui adresser un salut de la tête, dédaignant la main tendue, qui a alors tenté une dernière fois et toujours sans succès de lisser le pantalon.

Je me rappelle que vous avez commencé à expliquer que Napoléon avait l'air petit parce que sur les champs de bataille il était entouré de ses meilleurs soldats et que ces hommes étaient immenses et robustes. Qui sait d'où vous teniez toutes ces connaissances. Ce qui est sûr, c'est que je ne vous avais jamais entendu parler de faits historiques ni de rien d'autre.

Tout bien réfléchi, en dehors des formules convenues que vous prononciez lorsque nous étions à table, j'ignore quels étaient vos sujets de conversation.

Qu'aimiez-vous le plus, père ? De quoi aviez-vous peur quand vous étiez petit ? Aviez-vous déjà été un enfant ? Qui étiez-vous ?

La réponse m'est alors apparue très clairement : à mes yeux, vous étiez un Napoléon. D'une voix étrange, vous vous exprimiez dans une langue qui m'était étrangère. Près de nous, votre stature était normale, mais entre Felisberto et Eloy, vous aviez l'air d'un nabot. À leurs côtés vous livriez votre grande guerre, un sinistre projet d'expansion. Ils étaient vos immenses et robustes soldats. Ce jour-là, vous avez remporté une autre de vos écœurantes batailles : vous avez dit au professeur Erlano que vous aviez décidé de vous passer de ses services, que vous en aviez longuement discuté et qu'il était préférable que, dès l'année suivante, j'aille en internat chez les jésuites pour suivre leur enseignement.

Je savais que si j'essayais de m'exprimer, vous les appelleriez. Felisberto et Eloy. Vous leur demanderiez de venir pour qu'ils me fassent immédiatement disparaître de votre vue, après quoi vous réciteriez le Notre Père et rendriez grâce à Dieu au nom de votre famille. Je ne pouvais rien faire d'autre que regarder le professeur, cet homme maigre et bon, quitter la maison avec son nez majestueux, emportant le monde entier dans son cartable.

Assis sur le perron, j'ai vu sa silhouette diminuer.

J'allais rentrer quand il a rebroussé chemin et s'est rapidement avancé vers moi. Il a posé son cartable sur ses genoux et en a tiré un livre que nous n'avions jamais abordé pendant nos leçons. La couverture était en cuir brun et s'écaillait comme le tronc des arbres mouillés. Il était lourd et doux et avait l'odeur d'un objet lointain. Je l'ai ouvert au hasard, comme par superstition, et j'ai lu : « Il faut parfois des années pour assister à une complète métamorphose. Certains insectes mettent très longtemps avant de quitter leur chrysalide. »

« C'est pour toi et ta mère », a-t-il déclaré.

Il a regardé de tous côtés et il est parti, très vite cette fois, sa main cherchant de nouveau à lisser son pantalon, puis il s'est volatilisé.

Dans la nuit, le livre entre les mains et le corps fébrile, j'ai pris la décision de quitter cette maison. Je devais sortir ma mère de là et nous irions dans un endroit où nous pourrions créer un jardin gigantesque, mélodieux et regorgeant de vie. Pour la première fois, père, j'ai pensé que vous deviez disparaître de notre existence. Dans l'obscurité, j'ai serré fort les dents et une sombre démangeaison a picoté mon corps. On peut vivre sans père, me suis-je dit, mais pas cohabiter avec Napoléon.

Je ne crois pas avoir songé à votre mort ou peut-être que si, mais je me rappelle vous avoir imaginé déjà trépassé. Un jour vous existiez et le lendemain il me suffisait de croiser les doigts pour que vous ne soyez plus là.

L'esprit d'un enfant ne résout pas les problèmes et n'envisage pas de sauter des obstacles. Il se demande seulement ce qui adviendrait s'il était victorieux.

LES CIGALES

Le foin est froid, et l'herbe que j'apporte, mouillée. Il pleut de manière désagréable, comme souvent entre les collines, de grosses gouttes qui semblent exploser en tombant. Les chevaux de Felisberto et Eloy ne sont pas là. Je me couche dans le foin toujours odorant et laisse mes pieds se plonger dans l'herbe. Si ces chevaux du diable n'existaient pas, cet endroit serait une cachette idéale.

Derrière les cloisons en bois, j'observe quelqu'un qui se lave les pieds dans le récipient en terre cuite où s'abreuvent les chevaux. Les pieds semblent couverts de terre. Je m'approche tout doucement et passe sous les planches pour attraper une cheville. Je sens une secousse, sors la tête de l'ouverture entre le sol et la cloison. C'est Sarai, elle regarde par terre et m'attire vers elle comme un chat, me saisit par les aisselles et me plante devant elle.

Dès que mes pieds touchent la terre, je la pousse à deux mains et lui assène un coup violent au niveau du nombril. Elle agrippe mes poignets avec force, je me raidis, résiste et piétine, nous luttons jusqu'à ce qu'un de ses pieds frappe le bord du récipient, qui se casse. Du sang jaillit et s'étale comme de la peinture, colorant tout d'un rouge sale. Elle me serre contre sa poitrine, je m'abandonne. Le sang se mêle à la terre et à l'eau. Nous sommes une île. Elle dit que je lui appartiens. « Tu es mon Lucas. Mon amour. » Je me frotte les yeux en glissant avec difficulté mes poignets entre son ventre et mon visage. Je me dégage, mais lentement, acceptant sa présence. Je la regarde tout entière. Elle a relevé ses cheveux en chignon haut, ses pommettes sont plus saillantes que jamais, elle a la beauté d'une tête de mort élégante, dure, incassable.

Je la toise d'un air méfiant car ce sont les mots qu'elle disait toujours du temps où j'étais petit – « viens ici mon amour » –, lorsque j'étais un enfant qui pouvait appartenir à ceux qui m'aimaient et non celui que je suis devenu, un corps vidé de ma présence, plein d'un mutisme rancunier.

Sarai a le front en sueur et ses cheveux gras forment de fines mèches qui tombent et adhèrent à son dos et à son cou. Elle s'agenouille à mes pieds sans se hâter et dit et répète qu'elle regrette de les avoir laissés me chasser de ma propre demeure. Elle pose ses mains sur mon torse et fond en larmes comme une petite fille. Elle hoquette. Je compte ses contractions : dix ; les secondes qui les séparent : cinq. Elle cesse de pleurer. « Sois gentille », ai-je envie de lui dire. Mais voilà qu'elle se remet à parler et m'empêche de compter. La vie dans cette maison est horripilante ! J'ai du mal à imaginer ce qu'on les oblige à faire. Des péchés dont personne, nulle part, ne doit jamais être informé. Elle n'est pas pardonnable, pour elle c'est une certitude, mais elle veut que je parte loin d'ici. Pour l'amour de Dieu, ne reviens pas.

Je n'aime pas Dieu. Que Dieu me dispense de l'aimer.

Elle dit qu'elle va m'aider, qu'elle a de l'argent et connaît quelqu'un au village.

Je l'aime, je l'avoue. Pendant une seconde, je l'aime éperdument parce qu'elle se sent coupable. Je passe mes mains autour de son cou, me mets à genoux devant elle, et quand j'enfonce ma tête dans sa poitrine je sens ses seins et deviens bête, un parfait idiot hypnotisé par l'odeur animale qui se dégage du tissu très fin de son jupon. Ce n'est pas une trahison, un chat ou un chien abandonné est prêt à fondre devant la première marque d'amour du moindre pauvre type.

J'ai l'impression qu'un tiers observe la scène, ma poitrine se gonfle, tremble et me fait mal, comme lorsque Mademoiselle Nancy s'y pose. J'observe cette scène paisible, ce tableau qui comprime le cœur. Ce n'est pas ma vraie nature. Je suis seulement fatigué et il est plus facile de se laisser faire qu'être juste. Si j'étais faible, je resterais à jamais contre ses seins.

Elle s'écarte et me touche le visage, cherchant peut-être à essuyer des larmes que je n'ai pas versées. Je la regarde sans ciller, mais ce n'est pas un jeu. Sa main de poule descend le long de mon torse et s'attarde sur mon sexe qu'elle recouvre à demi. Je suis subitement parcouru d'un frisson, j'ai envie de serrer les cuisses très fort, comme si je me pissais dessus. Elle se contente de me regarder, m'enveloppe de ses grands yeux qui couronnent ses pommettes. Mon corps palpite, j'ai peur qu'elle le remarque, qu'elle le remarque à travers ma peau et le tissu élimé. Ces battements me font honte. J'ai les yeux rivés sur la main, les doigts qui me caressent délicatement. De minuscules peaux entourent ses ongles, pareilles à des copeaux de bois enroulés sur eux-mêmes. Sa griffe en est couverte. Son corps est peut-être lui aussi couvert de cette peau pourrie.

La main de Sarai, qui allait un jour céder la place à une menotte de nouveau-né que je verrais grandir au fil des années, est maintenant en passe de devenir une main décrépite. Elle a déjà touché la peau morte et détraquée. Je m'empresse de la repousser, me lève et grogne en reculant. Je grogne et serre les poings, me dirige vers la sortie, la laissant là, à genoux, pleurant sur son sort. Elle ne me rattrape pas et je ne m'attends pas à ce qu'elle le fasse. Je lui adresse un dernier regard vide, pose sur elle des yeux de chat mort.

Sachant à présent que j'ai failli dévier, père, que j'ai été à deux doigts de trébucher, je suis en mesure d'accepter la vision qui me poursuit. Ma colère diffère de celle de Dieu, qui blesse ceux qu'Il aime ; la mienne est froide et calculée.

Si on mesurait les antennes d'un insecte quel qu'il soit, on s'apercevrait que rien en elles n'est imparfait. Leurs parties se rejoignent millimètre par millimètre, deux par deux, identiques. Les ailes, les antennes, les pattes. Le saint des saints de la symétrie. Tout en eux est calculé, pur et divin. Quand les gens les considèrent avec horreur, quand vous, père, les regardiez avec répulsion, c'est vous-même que vous voyiez. Les mouches inspirent du dégoût, de la répugnance, car elles nous rappellent ce qu'il adviendra lorsque notre corps sera une matière en voie de décomposition. La carapace d'un scarabée qui demeure intact ne montre que l'éternité et la beauté. Dieu n'a pas de forme, raison pour laquelle c'est un idiot.

La larve blanche et molle se change en mouche, la chrysalide en scarabée. Je sors de l'étable et cours sous la pluie froide. Je cours vers le jardin de ma mère. Je cours comme pour me rendre à vive allure dans une forêt vivante, car pour la première fois je sais ce que je suis venu faire ici, père. Je le vois clairement. Je m'agenouille et creuse le sol de mes ongles, j'ai juste envie de m'allonger, de m'entourer de terre. Je creuse une fosse qui devient vite un tunnel, ma galerie sombre et humide d'où j'entends le bruit des insectes qui m'environnent, les cigales toutes proches. Des trompettes et des chœurs.

Lorsque l'ange de l'enfer a pris conscience qu'il était exilé, il a créé un royaume plus puissant que celui des cieux. Moi aussi je vais créer un royaume, père. Je l'entends. J'érigerai mon église en ce royaume, j'aurai un autel couronné de papillons et de larves ; je baiserai éternellement les scarabées, prierai devant toutes les araignées et marcherai avec les scorpions : car cette maison est la leur.

Couché dans mon temple, je me joins au chant de la cigale, au chant de l'annonciation.

L'ANNONCIATION

C'était en février, le mois du carnaval. La torpeur avait tout envahi et une chaleur étouffante annonçait la pluie. Un air brûlant et trouble se levait chaque nuit, peu favorable au sommeil, et depuis quelques jours les nuages allaient et venaient, de plus en plus noirs, de plus en plus denses, sans se décider à déverser leur eau.

Dans les mares on voyait les têtards secs et collés sur les bords, boueux, leurs queues brillant au soleil. La terre était craquelée, les épis de maïs rabougris, les pétales des bougainvillées se détachaient de leurs troncs nus et agressifs, les pigeons tombaient du toit où ils nidifiaient et mouraient tout simplement de soif.

Mais la pluie n'arrivait pas.

Felisberto et Eloy partaient travailler la terre toute la journée dans leurs vêtements noirs, la tête couverte d'un foulard tout aussi noir. Cependant nos terres semblaient mortes, abîmées par une lumière rude, sèches au point de prendre feu au contact d'une allumette. Felisberto vous demandait d'être patient, père. Il vous parlait d'une grosse pluie, de champs assoiffés qui reverdiraient dès qu'elle serait tombée. À une autre époque votre parole aurait prévalu, père, vous vous seriez occupé de vos terres et de votre maison et vous les auriez chassés, mais vous n'aviez plus de parole et leur avez accordé votre patience et tout notre temps ; vous leur avez permis de rester pour qu'ils tiennent leurs promesses.

Quand ils revenaient des champs, Sarai avait préparé leur repas sur la table et donnait même l'impression d'être ravie de leur servir fidèlement ce qu'ils demandaient. De la viande de cerf et des cailles. Elle avait appris à mitonner tous les plats à base de cailles : au four, frites, mi-cuites, aux champignons, à la sauce aux pommes. Elle leur faisait également des œufs de caille accompagnés de maïs ou de pain.

Moi je me cachais. Je fuyais la maisonnée pour aller jusqu'à la grotte rocheuse, derrière la forêt de *polypepis*. Elle avait l'aspect d'une fausse faille et il fallait se faufiler dans la broussaille pour y pénétrer. Elle était fraîche et sèche, et devant l'entrée j'avais édifié une *apachita** : une pyramide de pierres que j'enrichissais peu à peu, en hommage à la montagne qui abritait cette caverne. À l'intérieur elle était sombre, constituée de roche froide et protectrice, la matrice de la montagne. Quand je me taisais et restais

* Mot issu du quechua et de l'aymara, qui signifie « lieu de repos » et désigne un monticule de pierres pyramidal érigé en offrande aux dieux locaux. (*N.d.l.T.*)

immobile, je voyais des araignées et des scorpions dans les anfractuosités. C'est là que j'ai appris à me comporter comme une statue de pierre dure, à rester des heures sans bouger. Je me livrais avec les insectes à un jeu sérieux et rigoureux car ils étaient plus forts que moi. Un faux mouvement et ils disparaissaient, tels les dieux d'un temple que je devais invoquer en me vidant de ma substance.

Je passais presque toute la journée là, lisais et étudiais scrupuleusement le Livre que m'avait laissé le professeur Erlano, dont j'avais arraché la première page, où figurait le dessin d'une vieille dame très belle, que j'avais collé sur une des parois de la caverne. Elle était entourée de papillons, de fleurs, de vers et de croquis d'insectes.

Elle me regardait droit dans les yeux depuis un autre monde, un monde ancien aussi jauni et diaphane que le papier qui le composait.

Je tombais parfois en extase devant cette image qui brillait dans la pénombre de ma grotte. La femme avait un bonnet noir qui lui couvrait la tête, des pommettes saillantes, un visage presque cadavérique mais des yeux de jeune fille au regard sauvage. Un jour, Esther m'a surpris dans ce repaire, prosterné devant le dessin de la femme, et elle m'a flanqué une gifle.

« Dieu mettra vos cadavres sur les cadavres de vos idoles », m'a-t-elle dit.

Elle est sortie avec difficulté de la grotte en m'entraînant par le bras et en nous égratignant les genoux. Elle a effarouché les insectes, les dieux sombres de mon temple, jusqu'à ce qu'une araignée encore petite mais magnifique lui morde le mollet. Esther se frottait sans cesse, des gouttes de sueur perlaient sur son front et son nez. Elle m'a traité de crapule.

J'ai lâché sa main qui m'agrippait et couru jusqu'à la maison, les bras en croix, riant à gorge déployée et songeant que Dieu laisserait mon cadavre reposer aux côtés du corps mort de cette femme.

Esther est arrivée derrière moi avec son corps pesant, agitée, et a dit à Sarai et Noah qu'elle n'avait pas l'intention de supporter davantage mes insanités. Sarai a préparé un mélange de vinaigre et de bicarbonate pour soigner sa morsure.

« Quelqu'un doit s'occuper de Lucas », a-t-elle déclaré en appliquant l'onguent sur sa jambe.

Ces paroles ne m'ont pas déplu car c'était la seule à venir encore me chercher lorsque je me cachais, et parfois elle me donnait même un bain, mais quand elle me frottait le dos, les aisselles et l'entrejambe, elle y allait de plus en plus fort tout en m'assenant des sermons d'une voix aphone et lasse. J'aimais pourtant qu'elle prenne soin de moi et je ne l'écoutais pas.

Je n'avais d'yeux et d'oreilles que pour le Livre. Ce que j'avais lu jusqu'alors sur les générations d'Adam n'était pas aussi parfait que dans l'ouvrage du professeur. Un univers plus vaste que celui de mon esprit s'étendait devant moi, avec ses formes de vie symétriques et souterraines. Il était plein de dessins et d'ardeur, de nouveaux mots, de nouveaux noms, comme dans les livres de ma mère. Et les paroles contenues dans ces pages résonnaient si fort à mes oreilles que je n'ai pas perçu les signes de ce qui s'annonçait : la chaleur plus étouffante chaque soir, lorsque nous nous asseyions autour de la table en compagnie de ces hommes, et qui remplissait tout l'espace, et vous, père, vous épongeant le front les mains tremblantes, toujours troublé, et ces démangeaisons sur le corps qui nous plongeaient dans une sorte de léthargie que Felisberto et Eloy ne semblaient pas percevoir.

« On dirait qu'il va pleuvoir aujourd'hui », répétiez-vous tous les soirs en essuyant les gouttes de sueur sur votre front, à croire que vous étouffiez, pendant que Sarai ou Mara débarrassait.

Mais personne ne vous répondait.

Ce n'est que le dernier jour du mois, quand l'oncle Eugenio est arrivé, que s'est déclenché un véritable déluge digne de l'Apocalypse, qui a connu son point culminant avec une chute de grêle et son manteau blanc et glissant sur le sol. Elle a fondu avant la fin de la soirée, laissant une nappe d'eau sale autour de notre maison.

MAISON DE FOUS

L'oncle Eugenio est venu nous voir avec ses deux filles, des jumelles, Teresa et Alba, qu'Esther décrivait comme deux petites souris pomponnées. Au cours du dîner, elles ont tout mâché avec leurs petites dents pointues en émettant un bruit désagréable tandis que les manches de leurs robes très évasées flottaient au ras des assiettes et trempaient dans les sauces et les bouillons.

L'oncle posait les poings sur la table dès qu'il avait porté quelque chose à sa bouche, son couteau et sa fourchette serrés dans chaque main. Il mangeait de manière agitée, engloutissait de gros morceaux de viande sans trop mastiquer et buvait ensuite de grandes rasades de vin. À première vue, personne n'aurait dit que l'oncle Eugenio était votre frère, père. Il n'avait pas un poil sur le caillou et de fines pattes prenaient naissance à hauteur de ses tempes pour devenir une abondante barbe blanche. Toutes les rides de son visage semblaient partir de ses yeux et s'étendaient vers le haut, le bas et les commissures des lèvres en dessinant des cercles. Ces rides le faisaient paraître inoffensif et moins gras qu'il ne l'était en réalité.

Les jumelles ont gesticulé pendant tout le repas, mais l'oncle Eugenio leur prêtait à peine attention. Quand Esther leur a lancé un regard réprobateur, Teresa s'est levée en disant: « Mais vous, madame, vous restez toujours debout à regarder comment les gens mangent? »

Sitôt le dîner terminé, elles m'ont entraîné dans le salon situé à l'étage parce qu'elles voulaient visiter les lieux. En haut de l'escalier, Teresa s'est essuyé les mains sur sa robe.

« Cette maison a l'air de tomber en ruine. Personne n'arrose donc les fougères? » s'est-elle exclamée en touchant du bout des doigts toutes les plantes suspendues aux murs.

Alba acquiesçait aux moindres propos de sa sœur.

« On dirait en effet que personne ne les arrose.

— D'après notre père, ta maman est malade des nerfs, Lucas. Une tante de notre mère a eu ce genre de maladie, a déclaré Teresa en s'asseyant par terre, jambes croisées, la tête contre le grand accoudoir du canapé.

— Beaucoup de gens venaient la voir et la pauvre leur racontait des histoires auxquelles ils ne comprenaient rien. Elle disait qu'elle voyait des événements futurs, de grandes files d'individus marcher sans but précis, parce que dans le futur personne n'avait de foyer. Les villes ressemblaient à de grandes maisons protégées par des murailles et seul un petit nombre pouvait y entrer. Elle racontait ce genre de choses, enfin… pour ce que j'en sais… mais il paraît que c'était à peu près ça, des visions de femmes qui ont un grain. Un jour, on l'a retrouvée avec une guérisseuse, et toutes les deux avaient le fou rire. C'est ce qu'a dit ma mère. Elle a pris peur en les voyant rire comme ça, la bouche grande ouverte, comme des folles, sans aucune décence.

— C'est exact. Maman a dit qu'elles riaient sans mesure. Les gens qui rient ainsi lui font peur, très, très peur. Quand nous rions, elle nous demande à toutes les deux de le faire avec mesure, sans montrer nos gencives, a dit Alba.

— Nous aimerions voir ta mère pour vérifier cette histoire de rire. Nous aimerions voir quelqu'un rire ainsi, a ajouté Teresa en se rapprochant de moi tout en replaçant son diadème qui venait de tomber à la hauteur de ses yeux.

— C'est vrai ? Mon père dit que nous sommes venus pour ça. Pour aider ton père à tout régler. Il existe selon lui des endroits pour les gens comme ta maman, pas dans ton village mais dans le nôtre, si. Mais nous aimerions bien la voir avant que tout soit résolu. Tu l'as vue rire de la sorte ? »

Teresa n'arrêtait pas de parler, Alba se contentait de hocher la tête dès que sa sœur ouvrait la bouche. Moi j'avais le tournis.

« Tout bien considéré, Lucas, toi aussi tu as une mine atroce. Regarde tes cheveux, on dirait un de ces fichus enfants sauvages. »

À cet instant, Teresa a tendu la main vers ma tête, désireuse de la toucher pour confirmer ses dires. Je lui ai saisi fortement le poignet pour l'en empêcher et nous nous sommes regardés droit dans les yeux, puis je l'ai lâchée, honteux, et me suis enfui en courant. Elle avait le regard de la femme de ma grotte. Des yeux de sauvageonne.

Les jumelles m'ont poursuivi dans toute la maison.

« Hé, l'enfant sauvage ! L'enfant sauvage ! criait Teresa. Viens ici ! »

Alba ressemblait à un perroquet qui répétait :

« Sauvage et bête ! Sauvage et bête ! »

Vous, l'oncle Eugenio, Felisberto et Eloy étiez toujours à table, si bien que je suis allé me cacher dans la chambre de mes nourrices. Esther, Noah et Mara étaient sur le point de s'endormir. Seul le lit de Sarai était vide. Je me suis faufilé derrière la porte. Dans les interstices entre les gonds, j'apercevais Teresa et Alba qui me cherchaient. Puis je les ai vues pénétrer dans la chambre de Felisberto.

Je n'y avais jamais mis un pied. Je l'avais imaginée, et dans mon esprit elle était pleine de boue et infestée de rats. Elle sentait mauvais aussi.

Je les ai suivies et j'ai attrapé Teresa par sa robe.

« Tu ne peux pas entrer ici. C'est la chambre de cet homme.

— Personne ne me l'a interdit, espèce de petit sauvage froussard.

— Sauvage, froussard et bête ! a dit Alba en lui faisant écho. »

Nous y sommes allés tous les trois. Ce que j'avais échafaudé dans ma tête ne correspondait pas à la réalité. La pièce n'avait rien d'extraordinaire. Le lit et les meubles étaient tels que lorsqu'ils étaient arrivés, hormis les monceaux de vêtements noirs qu'ils portaient invariablement, des chemises noires identiques, les mêmes capes suspendues dans la penderie, sur des cintres en bois peints en noir. Dans l'obscurité on aurait cru de nombreux hommes semblables à Felisberto, mais sans tête.

« Ça n'a rien d'amusant ! s'est exclamée Teresa. Une fois, dans la chambre de Carmela, notre cuisinière, nous avons découvert des photos d'elle nue à partir de la taille et, avec ces images, des lettres d'un certain Jorge Juan Gómez Pérez qui, lui, était intéressant et écrivait ce genre de choses : "Punis-moi autant que tu voudras, ma douce et sale petite oiselle." Ça c'était drôle. N'est-ce pas, Alba ? Alba ? »

Nous avons insisté, car le perroquet avait perdu sa voix.

En nous retournant, nous avons vu Alba de l'autre côté de la chambre, une boîte en bois entre les mains.

« Alba ? »

Nous l'avons rejointe pour découvrir que la boîte contenait tout un tas de clés à panneton, la plupart très anciennes, d'autres neuves et plus petites, pareilles à des os pourris dégageant une odeur de rouille. Nous les avons prises une par une. Elles étaient froides et abîmées.

Au fond de la boîte se trouvait un dessin en noir et blanc. Nous l'avons étudié à la lueur de la lampe à huile posée dans un coin. On y voyait plusieurs hommes serrés les uns contre les autres dont on distinguait à peine les traits croqués à la va-vite, mais ils semblaient bouleversés. Certains portaient des loques noires, d'autres étaient complètement nus ou protégés par des couvertures qui laissaient voir leurs fesses.

En marge du dessin, des lettres manuscrites à demi effacées disaient : « Maison de fous ».

Teresa et moi nous sommes de nouveau regardés fixement. Nous respirions presque au même rythme tandis qu'Alba répétait sans cesse :

« Maison de fous, maison de fous, maison de fous !

— Mais tais-toi donc, Alba María de los Dolores ! » s'est énervée Teresa.

Nous nous sommes empressés de sortir pour traverser la cour et nous rendre dans ma chambre. De grosses gouttes ont alors commencé à tomber du ciel et, avant que nous ayons atteint notre but, elles avaient violemment redoublé et s'étaient changées en grêle qui martelait le sol et rebondissait partout avec force.

L'EXPULSION

Nous nous sommes blottis l'un contre l'autre au pied de mon lit pendant que la pluie et la grêle résonnaient de toutes parts. Teresa a retiré ses chaussettes et nous a ordonné de faire de même. Son nez sifflait et Alba grattait le plancher en faisant trembler son genou droit, qui effleurait celui de Teresa et me faisait trembler moi aussi.

L'oncle Eugenio a crié et nous sommes sortis. Nous n'entendions pas de quoi vous parliez, mais par instants quelqu'un frappait sur la table.

« Va te faire foutre ! » s'est exclamé l'oncle alors que la pluie se calmait.

« Il a dit "Va te faire foutre" », a fait remarquer Alba.

Teresa s'était détournée de sa jumelle. Elle avait les yeux rivés sur moi. Nous nous sommes engagés dans la galerie pour faire le tour de la cour et pénétrer dans la cuisine, où nous nous sommes cachés derrière des sacs en toile de jute qui sentaient les pelures de pommes de terre et les mauvaises herbes. Esther est entrée pour préparer du café, puis elle s'est assise et s'en est servi une tasse dans un verre à bière qu'elle n'avait pas lavé.

« Tu as vu ta femme ? a lancé l'oncle Eugenio. Qui lui fait sa toilette ? Depuis quand ne lui as-tu pas rendu visite ? Pourquoi la laisses-tu dans cet état, espèce de brute ?

— Tu n'as pas à me dire comment m'occuper de ma femme.

— Je n'ai pas l'intention de te décharger d'un problème. Ta maison est un vrai bordel ! Un bordel infâme ! »

Felisberto a alors surgi dans le couloir qui permettait d'accéder à la cuisine, portant ma mère dans ses bras. Elle était si faible qu'elle gémissait. Il l'a déposée au milieu de la pièce et a déversé un seau d'eau sur elle.

Esther s'est levée pour rejoindre ma mère. Elle criait à Felisberto d'arrêter.

« Ce n'est pas une conduite digne d'un serviteur de Dieu, don Miguel ! » a-t-elle lancé à mon père.

Felisberto l'a poussée, elle s'est cogné la hanche contre la table et agenouillée en massant son flanc droit avant de joindre les mains dans une prière.

L'oncle s'est avancé afin de stopper Felisberto, mais vous, père, avez refusé qu'il intervienne.

« Tu voulais qu'on la lave, n'est-ce pas ?

— Miguel, tu es complètement fou !

— Ici on fait ce que j'ordonne », avez-vous conclu.

Vous n'aviez rien ordonné, mais à cet instant l'oncle Eugenio, avec son visage couvert de rides qui le faisaient paraître moins gros qu'il ne l'était, s'est empressé de quitter les lieux et a buté contre un des sacs derrière lesquels nous nous cachions. Il a fusillé les jumelles du regard, prêt à les sermonner, puis s'est ravisé et les a soulevées de terre, une sous chaque bras. Elles avaient les cheveux en bataille, et leurs pieds nus, sans chaussettes, rebondissaient sur le sol tandis que leur père les emmenait hors de la maison, sous la grêle.

Je me suis relevé et précipité vers ma mère dont j'ai enlacé le cou. Elle baissait la tête. De crainte d'avoir le vertige, j'ai préféré ne pas voir ses yeux.

Esther m'a serré contre elle et a appelé Sarai pour qu'elle me sorte de la cuisine, mais cette dernière n'est pas venue. Vous, père, m'avez pris par les aisselles et lâché dans un coin, après quoi vous avez giflé Esther, toujours à genoux à droite de ma mère. Mais elle a réagi et a soutenu votre regard, la respiration hachée.

« Que Dieu vous pardonne ! Moi j'en suis incapable », a-t-elle murmuré avant de se retourner.

Au loin j'ai aperçu Sarai, Noah et Mara qui avaient assisté à la scène depuis la porte de leur dortoir qu'elles ont refermée en me voyant.

Esther est partie en courant, ses espadrilles à peine enfilées frappant ses talons, se mouillant les pieds dans les flaques. Elle est allée discuter avec l'oncle Eugenio pendant qu'il sellait ses chevaux. Elle a voulu aider les jumelles à monter en voiture. Alba s'est exécutée, docile et réservée, mais Teresa a secoué la tête en gesticulant. Elle a appelé son père en me montrant du doigt.

« Amène Lucas ! » a-t-elle crié.

Son père ne lui a pas répondu. Qui pouvait me sortir de là ? Après tout, j'étais chez moi, avec mon père et ma mère. Quand tout a été prêt, l'oncle Eugenio a pris Teresa et l'a poussée dans la voiture, ses pieds nus s'agitant dans le vide. Esther a été la dernière à monter.

LES INSECTES DE LA MONTAGNE

Les derniers jours de votre vie, vous aviez une fine canne. Personne ne savait pourquoi, même si je crois l'avoir toujours deviné. Vous étiez condamné. Vous boitiez dans la maison jusqu'au jour où cette canne a fait son apparition. Elle me plaît car elle est taillée dans un bois clair, comme celui de la jambe de bois de Monsieur Lazlo, avec ses fourmis patiemment sculptées, éternelles.

La vôtre n'est pas sculptée, mais un puma en écaille et en nacre surmonte son pommeau. Le puma restait entre votre index et votre médium et donnait l'impression de vouloir bondir quand vous marchiez. Vous aviez cette canne partout où vous alliez, et quand vous étiez immobile vos mains tombaient sur le puma en le dissimulant entièrement. Lorsque vous vous couchiez, je vous regardais poser votre canne sous votre oreiller et la serrer avec force d'une seule main. Je percevais déjà votre peur de loin et soupçonnais que vous comptiez vous en servir comme d'une arme.

Elle ne vous aurait été d'aucun secours ! Vous ne pouviez que prendre appui sur elle, moribond.

En revenant dans cette maison, j'ai vu la canne, qui avait été mouillée et couverte de feuilles, bien droite dans un coin, à croire que vous la teniez encore entre vos mains. Maintenant c'est le corps rigide que Mademoiselle Nancy a laissé après sa dernière mue qui y repose. Noir et brillant, à la texture de cuir verni tout juste astiqué, les pattes ornées de velours. Si dur, si compact qu'on a du mal à croire qu'elle ait pu s'en extraire comme elle l'a fait : sortant d'abord la tête, puis les pattes une par une, quasiment immobile, elle s'est extirpée d'elle-même à la manière d'une véritable contorsionniste.

Le jour approche, père. Je dois me hâter. Je partirai avant dimanche. Votre canne est à présent notre bâton de commandement, notre emblème. La forme éternelle.

Quand le soleil se cache je vais jusqu'au pot de chambre et y reste assis plusieurs minutes, à méditer en sentant l'odeur de la pisse. Je distingue maintenant très nettement un plan qui se prépare comme un bouillon dans les vapeurs d'ammoniaque. C'est pour demain. La maison y figure ainsi que les barbares et les cyclopes dans ce vieux monde en décomposition.

J'attrape la canne en la serrant car elle guidera mes pas. Mademoiselle Nancy m'accompagne, je marche avec la légèreté qui, autrefois, était propre à une ombre. J'ai peur, c'est ce qui me motive. Je traverse le jardin de ma mère comme je le faisais dans mon enfance, du temps où j'empruntais des couloirs sombres en criant pour moi-même. Je suis saisi de peur. Elle me permet d'aller vite, sur la pointe des pieds, et me maintient à mille mètres d'altitude, au-dessus des nuages, la bouche pâteuse.

La nuit n'est pas encore tombée quand je quitte mon château, la canne à la main. Je laisse tout derrière moi et commence à gravir la colline qui se trouve juste devant la maison. Un de ses reliefs ressemble à un nez gigantesque et très droit qu'on appelle au village le Nez du diable. C'est ce chemin qu'on prend pour monter, un sentier muletier qui écourte le trajet. Tout le reste est couvert de mousse et de roches rouges friables.

Le chemin devient plus escarpé à mesure que je progresse. Nous escaladons un visage calme constitué de terre, de rochers et de graminées sèches. La canne m'aide à monter de manière assurée.

Je poursuis mon ascension en fermant les yeux et à tâtons car le brouillard est une grosse masse aussi dense que l'eau. Dans le brouillard, nos poumons sont inutiles, ils nous gênent. Dans le brouillard, nos yeux nous égarent : si on les ferme en tendant les mains, on sent plus facilement son épaisseur.

Il se dissipe lorsque je l'écarte avec mes bras, mais avec lenteur et indifférence, comme toujours. J'ai appris à nager dans cette brume. Je ne la laisse pas me désarçonner car je regarde en moi, là où elle ne peut pas accéder. Elle sert de bouclier à la forêt, ne dégage la voie que lorsqu'elle accepte qu'on la pénètre. À mesure que je monte, la végétation devient plus sauvage, les orties me brûlent les jambes, la rue fétide empeste et je sens les graminées de plus en plus compactes, jusqu'au moment où un sentier bordé d'arbustes du paramo s'étend devant moi.

Il se replie sur lui-même et, derrière, j'entends la clameur du paramo, le vent qui s'est libéré de ses chaînes et des milliers de branches qui bruissent.

Une fois que le brouillard s'est entièrement dispersé, j'arrive au sommet. La montagne a bien voulu que j'y parvienne. Ici, tout en haut, la végétation est plus âpre, les plantes grandissent en se poussant les unes les autres et en bloquant les rochers. Tout est humide, froid, enchevêtré ; l'air condensé du paramo s'agglutine et distille de la vie. Aux endroits les plus insoupçonnés coulent des ruisseaux d'eau si cristalline qu'on y plonge les pieds sans s'en apercevoir. J'écrase le tapis de graminées en y mettant tout mon poids, une main posée sur l'autre et, dessous, je sens l'eau jaillir des pores de la terre. J'en prends pour laver la sueur de mon visage et boire.

La cime de la montagne a l'ampleur d'un autre ciel.

D'ici je pourrais voir notre maison, mais il n'y a que du brouillard et pas la moindre lumière. Je plante la canne au milieu de la couche de végétation qui recouvre tout et tombe à genoux, les joues cuisantes à cause du froid mordant. Puis je me relève et marche juste un peu plus pour gagner la forêt de *polypepis* et, de là, la grotte. Je ne pense pas que vous soyez jamais allé dans ce bois, père. Vos yeux pratiques et serviles auraient été inutiles dans un tel lieu. Vous n'auriez vu qu'un bosquet d'arbres tortueux ou un endroit où trouver du bois.

Ma mère ne m'y a emmené qu'une seule fois. C'est l'endroit le plus lointain où je me sois rendu. Jusqu'où êtes-vous allé, vous, père ? Avez-vous un jour renoncé aux ruines de votre tête ?

Le soleil se couche derrière la forêt de *polypepis*, qui est haut placée, si haut placée que ses arbres semblent se pencher pour éviter de toucher les nuages. Les *polypepis* sont des arbres du paramo. Leurs troncs s'écaillent et laissent tomber des morceaux de feuilles vivantes et douces. Ils sont battus par un vent d'une telle violence qu'ils poussent inclinés, tordus, déformés par les bourrasques qui les malmènent tantôt d'un côté, tantôt de l'autre ; presque parallèles au sol, leurs troncs serpentent.

Je traverse les troncs bossus et j'ai un moment le vertige, ramasse de petits cailloux et des feuilles de *polypepis* humides. Quand j'arrive devant la grotte, Mademoiselle Nancy me précède et y entre la première.

Je pose les cailloux sur l'*apachita*. Les rites, père, sont importants pour les montagnes.

Je pénètre dans le froid et l'ombre de ma grotte sacrée, et reste immobile, les yeux bien ouverts, pour qu'ils s'habituent à l'obscurité. Je palpe les parois jusqu'à ce que je la sente. Certaines parties de la page du Livre sont encore là. Elle me regarde, je le sais. Je tâtonne au bord, descends mes doigts le long des rochers couverts de mousse. Ci-gît le Livre, humide et froid comme un lézard. Je le pose par terre et m'allonge dans mon temple. Je respire aussi profondément que possible afin d'apaiser mon pouls accéléré par l'ascension. Je deviens peu à peu une statue tenant une canne dans sa main. Mademoiselle Nancy se glisse dans les fissures, je l'observe tandis qu'elle se déplace lentement, puis ferme longtemps les yeux. J'entends soudain un écho qui s'amplifie.

C'est la fin du jeu, père.

Mademoiselle Nancy s'approche, mais elle n'est pas seule. J'entends derrière elle d'autres pattes gratter la roche. Elle vient sur ma poitrine et ils la suivent, grimpent le long de mes pieds, se répandent sur mon corps et marchent. Tel est mon désir qui palpite, augmente et crépite. Certains se suspendent au duvet de mes jambes et montent. Je les sens me toucher timidement, leurs petites pattes s'enfoncent dans mes pores et me protègent.

Mon torse est douloureux, père, mais je les laisse faire. Ils sont les maîtres de ce temple et maintenant ils sont en moi.

CHRYSALIDE

J'entame ma descente à l'aube. J'emmène Mademoiselle Nancy et plusieurs autres araignées, des scorpions et des agrions. Ils ne peuvent plus me faire de mal, père. Ce sont mes gardiens avec leur armure noire et luisante, ce squelette enveloppant, une matière non vivante qui les protège. J'ai aussi des brassées d'orties, de rue, de coquelicots, de *werneria*, de gaulthéries, de lauriers-roses et des racines de lupin. Ma mère ne revenait jamais de la montagne sans des boutons, des feuilles et des branches qu'elle laissait dans l'eau pendant des jours, jusqu'à ce que des racines apparaissent, puis elle les replantait dans le jardin. Dans ses bras, ces plantes ressemblaient à des extensions de son corps. Parfois j'imaginais que lorsqu'elle se dévêtait et se glissait dans le bain que lui préparait Esther, c'était pour mieux faire tremper de petites racines qui sortaient de ses aisselles et de son entrejambe.

Mais moi je n'étais ni une racine, ni une feuille, ni une tige, et ma mère le savait. Nous avons toujours été séparés par une distance imaginaire, comme celle qui existe entre deux aimants, une force invisible plus résistante que n'importe quel bloc de pierre car un champ magnétique ne peut être neutralisé. Il m'arrivait de penser que cette distance tenait à votre nom, père, que ma mère sentait votre sang épais et malodorant couler en moi. C'est votre faute, c'est votre faute, c'est votre très grande faute. Ma mère aurait été plus heureuse si une plante grasse était sortie de ses entrailles, ou même un légume insipide aux feuilles frisées, sentant la terre et l'eau et non la peau et le sang.

À présent je suis cependant plus proche d'elle, père.

Quand j'ai terminé ma promenade d'herboriste, j'emporte mes plantes et mes gardiens jusqu'au château où je me repose et lis le Livre en attendant que le soleil soit complètement couché.

Au début, père, on pensait que les insectes étaient issus du mal, de la puanteur et de la pourriture, et on devait tous les avoir en abomination. Comme si le monde s'était fait seul à partir de deux esprits : celui du mal et celui du bien. La femme devant laquelle Esther m'a surpris en adoration a posé ses yeux sacrés sur le monde avant de le recréer. Elle a vu cet univers réduit, minuscule, se former en silence. Et elle a laissé à notre insu son lignage de tous côtés, une membrane contre une autre membrane, des milliers d'œufs palpitant à l'unisson, des larves dont le contenu se tortille dans le noir. Tout cela nous entoure. Pendant que nous dormons ils sortent pour mener leur vie tels les dieux de nos rêves, se promènent dans les parages, et un jour ils régneront de nouveau sur ce monde qui leur appartient.

Felisberto et Eloy sont partis avant midi. Il est possible qu'ils ne reviennent que demain. Il y a deux jours, ils sont descendus au village avec des fruits à moitié pourris et des légumes. Après avoir vendu ce que rapportent nos terres, ils se soûlent, et en rentrant ils répandent la même odeur de fermentation que celle qui émanait de votre corps mourant.

Je marche jusqu'à notre maison et le soleil me brûle le crâne. Chez nous il n'y a qu'elles, elles et leurs secrets. Toutes les maisons doivent regorger de secrets que personne ne déterrera jamais ; comme les grottes anciennes où la mort s'est couverte de terre et de roches, comme le fleuve qui charrie le sang et le dépose dans ses parties les plus sombres, les maisons dissimulent de si nombreuses disparitions qu'elles se vident de leurs forces et commencent à se morceler.

J'étreins Noah quand elle m'ouvre la porte. Elle a une vilaine peau tachée, le teint des villageoises qui ne s'alimentent que de pain et d'eau sucrée. J'ai pris tout ce que je possède : le Livre, une boîte contenant des herbes et mes insectes. J'ai porté la boîte en l'entourant d'une corde, comme quand j'étais petit et que je rentrais à la maison avec des chenilles noires ou d'autres couleurs. Elles ne la voient même pas, de moi elles ne voient que le passé, l'époque où j'étais inoffensif et faible.

Noah appelle Sarai et Mara, et toutes les trois me serrent dans leurs bras. Je n'ai rien à dire, elles sont si tristes pour moi que Sarai m'emmène dans la salle de bains et remplit la baignoire. Je pose la boîte sur le côté et m'enfonce dans l'eau chaude. Après être longtemps resté sans prendre de bain, elle me fait un drôle d'effet. Sarai touche ma poitrine enflammée, couverte de petits points semblables à des grains de beauté rouges. Je saisis sa main et la promène de l'un à l'autre, comme pour lui faire parcourir une constellation.

Je sors de la baignoire et elle m'habille avec des vêtements propres et blancs. La sensation du lin sur ma peau est désagréable, ainsi qu'a dû l'être le premier jour hors du ventre ou les racines sorties de terre. Mais je ne m'en soucie guère. Nous descendons ensemble à la cuisine où Mara remue une cuillère dans une grosse marmite fumante.

« Laisse-moi t'aider », lui dis-je.

Toutes les trois se retournent et me regardent d'un air affligé, à croire que ma voix s'élève d'un lieu obscur et humide qui les effraie.

« Comme avant. »

J'ai l'impression que ma voix s'est brisée et que je m'exprime en murmurant. Il me faut redoubler d'efforts pour parler. Mara me prend les mains et m'aide à remuer.

Nous nous mettons à table, Noah nous demande de faire notre prière avant de manger, je me contente de fermer les yeux, mais je ne m'adresse pas à son Dieu.

Quand nous avons terminé, j'observe Sarai, les mains encore jointes.

« J'accepte ta proposition. Je veux partir. »

Elle se lève, marche jusqu'à ma chaise et se baisse pour poser sa tête sur ma poitrine. Je sépare ses mèches de cheveux et vois son crâne rougi par les piqûres de poux. Ses entrailles ont peut-être la même apparence.

Elle se relève lentement et quitte la pièce. Sa longue jupe brodée va d'un côté à l'autre, ses longs cheveux noirs aussi. Ce n'est qu'alors que je remarque ses gants de laine, mais peu importe, nous sommes en suspens dans le passé. Mara et Noah s'agitent dans la cuisine, elles me préparent de quoi manger pendant le voyage. Je vais chercher ma boîte de feuilles et d'insectes et m'assieds à côté.

Je croise l'index d'une main avec le pouce de l'autre, puis change de main et répète ce geste plusieurs fois de suite. Maman disait que c'est ainsi que se tissait le temps, père, et elle m'enseignait l'attente.

NOTRE PEAU MORTE

Vous avez sorti ma mère de la maison à l'aube. Tout était inondé de l'eau trouble laissée par la grêle. Eloy l'a prise comme le faon qu'ils avaient apporté le jour où ils avaient dormi chez nous pour la première fois. Sarai est sortie en uniforme et m'a assis sur ses genoux encore tièdes, car sa tenue venait juste d'être repassée.

« Elle va aller dans un endroit où on la soignera, Lucas. Dis-lui au revoir, allez. »

Elle m'a reposé par terre en me prenant par les aisselles. J'ai commencé à marcher, puis j'ai pris peur et tourné la tête. Sarai regardait fixement sa main de poule. Quand elle m'a vu, elle l'a cachée sous son autre main. Elle avait cette réaction avec les inconnus mais m'avait toujours laissé l'observer.

Je suis allé jusqu'à la voiture, et, pendant que Felisberto et Eloy sellaient les chevaux, je me suis assis à côté de ma mère et lui ai passé une main dans les cheveux. Un fin duvet m'est resté sur les doigts et s'est envolé quand j'ai voulu le fourrer dans ma poche. Ma mère dormait, son visage froid et humide ressemblait à celui du Christ sur les vieux crucifix. Brillant, agonisant.

« Va-t'en », a dit Felisberto.

Vous, père, êtes sorti en courant, vous protégeant de la légère bruine avec un journal. Vous avez remis une enveloppe à Felisberto et m'avez pris par la main en parlant avec lui. Je n'ai pas entendu le nom du village où se trouvait l'asile, j'ai mis du temps à le trouver, père.

Je me suis débattu pour me dégager et me rapprocher de maman que j'ai embrassée sur le front. Elle a agrippé ma main droite et l'a posée sur sa joue, qu'elle a plaquée contre la mienne pour me parler dans un murmure que j'ai perçu comme un souffle doux qui restera à jamais en moi :

« Va-t'en, Lucas, ne reviens pas. »

Je n'avais pas lâché sa main, mais pour elle j'étais déjà parti. Sarai nous a rejoints et m'a éloigné de la voiture avant qu'Eloy tire sur les rênes si violemment que j'ai dû reculer pour éviter la roue arrière. Je n'ai pas versé une seule larme. C'était un moment hors du temps, mon corps ne ressentait pas encore la douleur de ce départ. Il a accusé le coup par la suite, une ou deux fois. Les chevaux et l'attelage ont disparu et ne sont pas revenus avant deux jours, sans ma mère.

Vous aviez si peur que vous êtes resté enfermé dans votre bureau toute la matinée.

La peur ne se tait jamais. Quand on est effrayé, on doit la garder au fond de soi sans jamais la montrer à autrui. Comme lorsqu'on prend sa tête entre ses mains et que les gens vous regardent. Vous, père, à compter de ce jour et partout où vous alliez, aviez la tête enfouie dans vos mains.

En début d'après-midi, je vous ai vu quitter votre bureau en boitant. Nous avions déjà déjeuné quand vous êtes rentré avec une canne sur laquelle vous appuyer. Sarai, Noah ou Mara vous demandaient ce que vous aviez, mais vous ne vouliez rien dire. Au retour de Felisberto et Eloy, vous preniez garde de ne pas vous faire voir. Vous sortiez en leur absence, et quand vous étiez là vous vous cloîtriez dans votre bureau, dont vous aviez interdit l'accès à tout le monde. Vous laissiez partout des traces de votre peur. Vous vous cachiez dans votre propre maison.

Ce soir-là je vous ai parlé pour la dernière fois, père. Vous vous rappelez ce que vous m'avez dit ? Vous m'avez demandé d'entrer et de m'asseoir face à vous, mais il était déjà trop tard.

« Lucas, qu'est-ce qui est sacré aux yeux de Dieu ? »

Je vous détestais, père. Je vous regardais et la haine montait. Dans la nuit, à plusieurs reprises, je vous avais imaginé mort, le corps en sueur, vous n'étiez plus là et c'est seulement ainsi que je suis parvenu à trouver le sommeil. Ma haine m'hypnotisait. J'étais incapable de vous répondre car la haine me privait de voix, comme le lait des vaches qui tourne quand elles sont apeurées, et au milieu de la nuit, affamé et assoiffé, le veau tète en pleurant et perd du poids.

« Je te parle ! Qu'est-ce qui est sacré aux yeux de Dieu ?

— Je n'en sais rien, ai-je bredouillé dans un filet de voix.

— Réponds, bon sang !

— Je ne sais pas.

— Tu ne sais pas ce qui est sacré aux yeux de Dieu ? Tout ce qui pourrit, Lucas. Les plantes, les bêtes, l'homme, la merde.

— Je ne comprends pas, père.

— Ah, tu ne comprends pas ! Fiche-moi le camp d'ici ! »

J'ignore si quelqu'un a déjà écrit la géographie d'un visage désespéré, mais pour moi il ressemble à une île volcanique lorsque la lave refroidit et forme des élévations de formes distinctes, toutes âpres et inhumaines.

Tel était votre visage, père, ce fameux soir. Déformé par une réalité que vous veniez de découvrir. Ce sont vos yeux tombants et pleins de noirceur qui m'ont fait fuir en courant. En quittant votre bureau à reculons, comme si je craignais de réveiller un mort, je vous ai laissé la tête entre vos mains, posée sur votre table de travail, incapable de me regarder, une jambe l'une sur l'autre. Votre pied droit bougeait sous le bureau, légèrement surélevé.

C'est alors que j'ai vu votre cheville malade. Voilà ce que j'ai vu : votre cheville et sa peau morte. À peine, il est vrai. Mais néanmoins morte. Comme le pied d'Eloy.

FELISBERTO

Les nuits de carnaval, Dieu se voile les yeux ; l'air se gorge d'une odeur douceâtre, les aisselles sont toujours chaudes, les femmes cessent de mettre des jupons, et sur les trottoirs, entre les murs, au milieu des pavés, des briques et des pierres, poussent des trèfles, des fleurs de caille-lait et de la sauge du désert.

C'est Felisberto qui a eu l'idée de célébrer carnaval pour fêter la récolte, et vous, père, lui avez obéi tel un enfant craintif en toute chose. Un groupe est venu jouer de la musique ; un très petit homme soufflait dans un saxophone – il avait des bras musclés et des jambes chétives. Les longues tables étaient couvertes de viande de porc bouillie et frite, de grattons qui se réduisaient en poussière dans la bouche, d'eau-de-vie – toute l'eau-de-vie de la cave était là –, et aussi de vin. Noah et Mara étaient chargées de bijoux et au lieu de leur uniformes plastronnés, elles portaient des robes sorties d'on ne sait où qui paraissaient d'un autre siècle, en mousseline avec de la dentelle, des broderies et des perles.

Sarai était elle aussi en robe, mais la sienne était noire et beaucoup plus sobre, avec beaucoup de velours ; elle avait lâché ses cheveux noirs. Ses seins, autrefois des collines pareilles à la terre d'où je tirais des lombrics, étaient à présent ronds et gros, sans fossé au milieu.

Elles ont servi le repas dans cet accoutrement, des tenues qui semblaient opprimer leur corps, animées d'une vie propre. Elles évoluaient à l'intérieur, les pieds flottants. Emprisonnées par des fantômes de mousseline.

Il y a eu de la musique toute la nuit, et toute la nuit les gens ont bu à leur soif et parfois davantage. J'ai rôdé dans la maison jusqu'au petit matin, assistant à ce vacarme qui se propageait partout. On entendait la cadence du *paso doble*, la mélodie mêlée de sueur de tristes *pasillos*. Les visages masculins étaient de plus en plus gros et rouges. Les hommes transpiraient tant que leurs gilets en lin collaient à leurs chemises, raison pour laquelle ils ne les retiraient pas, je ne voyais pas d'autre explication. Défigurées par l'alcool, Noah et Mara passaient de bras en bras. On les prenait par la taille, les poussait et les malmenait. On aurait dit des poupées de ventriloques aux sourires rectilignes.

Un chagrin profond se dissolvait dans les vapeurs de l'alcool et l'obscurité se faufilait entre les lueurs du crépuscule tandis que le soleil tentait encore de réapparaître.

À l'aube, de grosses gouttes se sont mises à taper sur le toit en faisant autant de raffut qu'un groupe d'enfants frappant sur des casseroles. Mais ce n'était qu'un accès de colère passager du ciel qui s'est calmé aussitôt, et les hommes ont quitté la maison en chancelant sous une bruine tiède.

À peine mouillés, ils chantaient :

¡Qué carnaval más necio el de la vida!
¡Qué consuelo más dulce el de la muerte!*

Ils avaient pris le sentier de terre qui menait au village. Il y avait là les taverniers, les avocats trapus qui travaillaient dans de petits cabinets envahis de papiers jaunis, le docteur Ruilova, les frères Moratti, et même le père Hetz et son cortège de séminaristes, qui étaient à la traîne et avançaient en file indienne, leurs soutanes noires dans le vent comme les plumes des corbeaux à l'aurore.

Une fois la maison vide, je suis allé dans le jardin de ma mère. Je le faisais tous les soirs, je retournais dans le jardin pour me sentir en sécurité.

Il était déjà détruit mais des pissenlits poussaient encore un peu partout, obstinés, prêts à tout envahir. C'est là que je vous ai découvert, père, assis sur un vieux banc en osier, les yeux fermés et le visage décomposé. J'ai voulu m'approcher mais Felisberto est arrivé, il marchait en sifflant, son corps acromégalique semblait avoir besoin de se repositionner à chaque pas qu'il faisait.

« Viens ici ! » m'a-t-il crié.

* Littéralement : « La vie, quel carnaval idiot ! / La mort, quelle douce consolation ! » (Julio Jaramillo).

J'ai obéi, traversé le jardin de ma mère sous le crachin, rejoint Felisberto, et me suis arrêté à droite de l'homme qui n'était plus mon père.

Vous aviez les yeux clos, les paupières gonflées, votre peau rougissait, les commissures de vos lèvres étaient couvertes d'une salive sèche et blanche. Vous haletiez et balbutiez, puis vous vous êtes pétrifié, votre tête s'est affaissée sur le côté et un peu de vomi s'est échappé de votre bouche. Felisberto vous a frappé le visage de sa main droite rouge et noueuse.

« Ton père ne veut pas se réveiller ! » a-t-il dit en partant d'un rire sordide et gras.

Au loin me parvenait la chanson qu'entonnaient tous les hommes qui venaient de partir. Je voyais et j'écoutais, père, sans rien faire : qu'aurais-je pu faire puisque vous ne vouliez pas que je vous sauve, vous ne le vouliez pas ! La haine qu'il y avait en moi ou le fait que je n'aie pas envie de vivre avec Napoléon n'y étaient pour rien. Que je vous aie imaginé mort et bien mort non plus.

Felisberto a apporté une bouteille, poussé votre tête en arrière et vous a aspergé d'eau-de-vie. Vous avez régurgité, un jet a jailli de votre bouche, si impressionnant que vous sembliez réchappé d'une noyade. C'est du moins ce que j'ai pensé, que vous alliez vous réveiller. Mais ça n'a pas été le cas.

« Il n'y a rien à faire, on a tout tenté, a dit Felisberto à Eloy en joignant les mains, très sérieux. Accordez-lui, Seigneur, le repos éternel. »

Eloy a craché ce qu'il mastiquait et Felisberto a éclusé la bouteille d'eau-de-vie. Votre corps humide et rigide, père, m'a fait songer à celui d'un de ces pantins qu'on brûle au village pour la nouvelle année, j'étais même certain qu'on allait vous mettre le feu et que je vous verrais vous réduire en cendres jusqu'à ce tout de vous disparaisse.

Jusqu'alors la scène donnait l'impression d'être survenue en rêve, les songes étant plus réels que la matière, parfois aussi cruels et palpables que des dents qui tombent ou des labyrinthes sans fin. Le rêve est le lieu de la complète obscurité ; la réalité est en revanche pleine de taches qui salissent tout. Lorsque votre tête, père, a glissé en arrière dans une lenteur horrible, le tableau que vous présentiez a pris l'apparence bien réelle d'une fatalité. Elle est restée là, pendante, les lèvres serrées, vos yeux fermés tournés vers le ciel dans une attitude implorante, là où votre Dieu devait déjà vous attendre.

Felisberto nous a envoyés chercher des pelles, Eloy et moi. C'est Eloy qui a creusé votre fosse, père, moi je luttais avec la pelle. Les hommes qui avaient été chez nous s'étaient volatilisés mais la rumeur de leur chant persistait, je les ai entendus, les mains couvertes de terre.

Felisberto se tenait debout devant moi.

Vu d'en bas, il avait l'air constitué d'un seul os immense et difforme d'où émergeaient des protubérances : son visage, ses bras, ses mains et surtout ses doigts, grands et amorphes.

« Allez, enfonce la pelle ici, m'a-t-il ordonné. D'un coup. Ensuite tu sors la terre. »

Ce que j'ai fait. J'ai enfoncé la pelle comme une machette et quelque chose s'est brisé. De l'eau a jailli à gros bouillons.

« Tu es vraiment une merde et un bon à rien. »

Nous avons continué de creuser jusqu'à ce que le soleil se lève et que ce bourbier devienne une fosse froide et profonde. Felisberto y a porté votre corps à la tête encore ballante, qui sentait déjà le pourri.

Nous l'avons recouverte de terre à l'aube, père. La première pelletée a été pour votre visage. Et nous avons poursuivi notre ouvrage. La terre était peuplée de fourmis et de lombrics, de racines et d'araignées qui se tortillaient et masquaient les quelques parcelles visibles de votre peau, père.

Quand la clarté a été totale, votre fosse n'était plus creuse mais une masse noire et compacte de boue et d'êtres minuscules qui commençaient à se loger dans votre corps, père.

Lorsque je cesse d'entendre le bruit béni des ailes, je retourne parfois dans cette dernière nuit de carnaval où Dieu avait les yeux bien fermés pendant que je bêchais la terre pour recouvrir votre cadavre, père, et le monde entier tremblait entre mes mains.

IMAGO

Sarai a les pieds tendus. Elle est rigide, et bien qu'elle ait les yeux ouverts elle ne me regarde pas et cela fait un moment qu'elle tremble et transpire. Je lui prends la main, la bonne, qui me serre si fort que mes doigts s'engourdissent. Noah et Mara ont les yeux clos depuis longtemps. De temps en temps un spasme les ébranle et quelque chose a envahi leurs corps, même si elles ont vomi tout ce qu'elles avaient dans le ventre. On dirait des décharges électriques qui s'éternisent. Pourtant je sais qu'elles ne sont plus parmi nous.

Il en est ainsi parce que ce sont des cyclopes vivant dans de l'eau croupie et qu'aucun de mes insectes n'a voulu d'elles dans notre royaume. Avant que Sarai ne ferme les paupières, mes scorpions ont presque atteint sa bouche. J'en ai des haut-le-cœur. Je les écarte et lui humecte les lèvres avec de l'hydrolat de laurier-rose.

Je lui caresse le cou, mes doigts descendent et montent le long de sa trachée. Ce n'est pas la méchanceté qui m'anime, père, mais je dois procéder de la sorte pour lui épargner des souffrances.

« Un peu d'eau et le sommeil viendra, lui dis-je. Cesse de respirer comme cela, sois gentille. »

Je suis revenu chez nous sans savoir pourquoi, père, et maintenant j'aime ce que je vois et je peux tout comprendre : le langage sacré des corps morts, la fécondité de ce qui est sombre et humide, les grottes naturelles, les hommes qui les ont copiées en édifiant leurs temples, l'effervescence de la vie dans la pourriture et les rebuts, le cosmos contenu dans un être de la taille d'une tête d'épingle.

Avant la tombée de la nuit, Sarai, Noah et Mara ne respirent plus et un silence pur s'installe dans la maison. Pour la première fois, je me sens soulagé.

J'entends le tic-tac de la pendule, je dois me hâter. Il est possible qu'Elmur arrive avant eux, auquel cas il devra rester parmi nous à jamais. Personne ne sortira de cette maison, père, et personne n'y entrera plus. Avant d'indiquer l'heure pile, l'horloge marque une pause. Entendre les aiguilles tourner me donne le vertige, on croirait que la pendule inspire en gorgeant d'air ses grands poumons de dinosaure, après quoi elle reprend sa course. Le temps s'impose à chaque tour de cadran.

Je me promène dans toutes les pièces et je sais qu'ils sont là, qu'ils ont toujours été là. Ils seront les seuls à demeurer entre ces murs, des êtres minuscules qui nous survivront. Seule la chair peut nous sauver.

Je me rends dans la chambre de Felisberto, prends la boîte en bois où se trouvent les vieilles clés qui sentent la rouille. Dans les lueurs de la fin d'après-midi, je sors chercher des bûches et enterre parmi les animaux du jardin la boîte et toutes ses clés semblables à de vieux ossements de morts pourris. J'y joins les clés de notre maison, père. En rentrant, avant de fermer la porte de l'intérieur, je contemple une dernière fois les montagnes, celles-là mêmes qu'a vues ma mère des jours durant dans la cellule lugubre où vous l'avez envoyée. Je les observe, elles deviennent leur ombre et seront encore là demain, tout comme le chemin qui nous menait au village ; les chardons, les digitaires sanguines et les coquelicots envahiront la totalité du terrain et couvriront nos murs de terre au point de les cacher, habités par tous les êtres que vous, père, trouviez insignifiants.

À l'intérieur et à l'extérieur de cette maison ne perdurera que le bruit infime de la mauvaise herbe qui pousse et du vol subtil des insectes qui la peuplent.

Tel sera le miracle, père, un miracle sacré et présent.

Maintenant c'est moi qui, debout sur une vieille chaise, ferme les volets et toutes les portes de la maison. Mais je ne les laisserai pas entrer. Même s'ils reviennent, je ne leur ouvrirai pas. Et sans nous à l'intérieur, ils partiront loin de cette terre ancienne, père.

Notre peau ne leur servira plus de cape. Ils n'auront plus où se réfugier, et ce, même si la maison offrait à nouveau de les héberger, même s'ils dormaient à mes côtés. Ils seront comme les poux de Sarai qui, occupant désormais un corps flétri et froid, doivent partir en exil.

L'une sur l'autre, je cloue les planches de bois et procède ainsi avec toutes les fenêtres, toutes les portes. Il n'y aura plus de déluges, d'envahisseurs, de visiteurs, d'hommes surgissant à minuit, plus de prières ni de malédictions, plus de Dieu le Père, de Fils et de Saint-Esprit qui nous régissent.

Seul un Dieu capable de se dissoudre en une matière infinie aurait pu éliminer la méchanceté de ce monde. C'est ce que nous ferons, et seules des nuées de mouches tomberont sur notre maison pour y chercher ce qui reste.

Quand j'ai terminé, père, je m'allonge près de Sarai, retire son gant en laine et saisis sa main décrépite car je n'ai plus peur de sa peau morte ni de la pourriture qui nous entoure, tout ce qui pourrit étant sacré, tout ce qui pourrit appelant la vie, n'est-ce pas, père ?

La résurrection de notre chair est un miracle. Ce n'est pas un esprit qui s'élève mais un corps qui se défait et descend en spirales sur la terre pour former une vie plus parfaite et symétrique.

Mélodie bénie qui murmure et se transforme.

Mademoiselle Nancy s'avance. Maintenant c'est elle qui me regarde. Elle se pose sur ma poitrine et nous ne faisons qu'un. Le laurier-rose met du temps à agir sur moi, mais l'obscurité de la nuit commence déjà à les convoquer.

Avant que je ne ferme les yeux un bruit trépidant résonne de toutes parts.

Au loin j'entends un coup frappé contre la porte et mon cœur qui faiblissait bat encore avec force pendant quelques minutes. Mais le bruit se change en écho qu'on croirait sorti d'un rêve, et ma tête tout entière est ébranlée par le son sacré des ailes.

Musique bénie, mélodie bénie qui murmure.

C'est comme si j'entendais mille mains gratter les murs en mourant d'envie de sortir. Comme si j'entendais la conscience de la terre. Comme si j'entendais mille cœurs effrayés battre près de moi, tout en viscères et en pulsations.

Et tout le reste du monde est réduit au silence.

Je n'entends plus que les insectes et un sifflement qui monte de l'intérieur, un sifflement aigu qui me fait sombrer dans le sommeil et humidifie tout, j'en perds mes mots et mes entrailles se liquéfient, je quitte ce corps agonisant et descends vers cette chose chantante qu'est la terre, que sont les cigales, que sont les ailes, qu'est la voix de ma mère, un fleuve d'eau semblable à un murmure :

« Je suis la reine des arthropodes. »

Mais il n'est pas sûr que ce soit la voix de ma mère.

Personne ne se souvient de la voix des morts.

TABLE

Cet ouvrage a été mis en pages
par IGS-CP à L'Isle-d'Espagnac (16)
Impression : CPI Firmin-Didot
Dépôt légal : septembre 2021 – N° 2506 (163975)
Imprimé en France